KB238066

동물 농장

휴머니스트 세계문학 044

동물 농장
ANIMAL FARM

조지 오웰 | 문지혁 옮김

차례

일러두기

1. 번역 대본으로는 George Orwell, *Animal Farm*(Mariner Books, 1990)을 사용했다.
2. '원주'를 제외한 나머지 주석은 모두 옮긴이 주다.
3. 본문 중 고딕체는 원서에서 강조한 부분이다.

제1장

그날 밤 매너 농장의 존스 씨는 닭장 문은 잠갔지만 술에 너무 취한 나머지 작은 구멍 닫는 것을 잊어버렸다. 그가 비틀거리며 마당을 가로지르는 동안 손에 든 등불의 둥근 불빛도 좌우로 춤을 추었다. 뒷문에서 그는 장화를 벗어 던지고 부엌으로 가서 술통에 담긴 맥주를 따라 마지막 한 잔을 들이켜고는 존스 부인이 이미 코를 골고 있는 침실로 올라갔다.

침실 불이 꺼지자마자 농장 건물 전체에 웅성대는 소리와 펄럭이는 소리가 들렸다. 우수한 미들 화이트종•의 늙은 수퇘지 메이저가 간밤에 이상한 꿈을 꾸었는데 그 얘기를 다른 동물들에게 전하고 싶어 한다는 소문이 낮부터 돌고 있었다. 그들은 존스 씨가 안전하게 자리를 비우는 대로 큰 축사에 모이기로 약속한 상태였다. 메이저 영감(전에 출전했던 돼지 품평회에는 윌링던 뷰티라는 이름으로 나갔지만, 그는 항상 이렇게 불렸다)은 농장에서 매우 신망이 두터웠기 때문에 모두가 그의 말을 듣기 위해 한 시간 정도는 잠자는 시간을 줄일 용의가 있었다.

커다란 축사의 한쪽 끝에는 대들보에 매달린 등 아래 일종의 높은 단상이 있었는데, 메이저는 이미 그곳에서 짚으로 만든 침대 위에 자리를 잡고 있었다. 그는 열두 살로, 근래 들어 다소 살이 쪘지만 여전히 위엄 있는 모습이었고, 한 번도 송곳니를 자른 적이 없음에도 현명하고 인자한 외모를 지니고 있었다. 얼마 지나지 않아 다른 동물들도 도착하기 시작해 각기 나름의 방식으로 편히 자리를 잡았다. 먼저 블루벨, 제시, 핀처라는 개 세 마리가 왔고, 이어서 돼지들이 단상 바로 앞 짚 더미에 앉았다. 암탉들은 창턱을 차지했고 비둘기들은 서까래 위로 날아올랐으며 양과 암소들은 돼지들 뒤쪽에 누워 되새김질을 시작했다. 수레를 끄는 두 마리 말인 복서와 클로버가 나란히 들어와 짚 속에 작은 동물이 가려져 있을까봐

● '미들 화이트(Middle White)'는 19세기 후반 영국에서 개발된 중간 크기의 돼지로, 주로 고기 생산을 위해 키워졌다. 조지 오웰이 이 품종을 언급하는 이유는 디테일을 통해 현실감을 더하고 영국의 농촌 환경을 상징적으로 드러내기 위해서일 뿐 아니라, '미들 화이트'라는 이름 자체를 통해 사회계층이나 중산층의 이미지를 은유적으로 나타내기 위해서일 것이다.

아주 천천히 걸으며 커다란 털투성이 발굽을 조심스레 옮겼다. 클로버는 중년에 접어든 뚱뚱하고 인자한 암말로 네 번째 새끼를 낳은 후로는 예전의 모습을 되찾지 못하고 있었다. 복서는 키가 열여덟 뼘에 이르는 거대한 짐승으로 보통 말 두 마리를 합쳐놓은 것만큼이나 힘이 셌다. 코밑에 하얀 줄무늬가 있어서 다소 우둔해 보였고, 실제로도 머리가 빼어나게 좋은 것은 아니었지만, 착실한 성품과 일할 때 발휘하는 엄청난 힘 덕분에 많은 동물로부터 존경을 받았다. 말들의 뒤를 이어 흰 염소 뮤리얼과 당나귀 벤저민이 들어왔다. 벤저민은 농장에서 가장 나이가 많았고 성격도 가장 고약했다. 그는 거의 말을 하지 않는데, 말을 할 때는 대개 빈정거리는 투였다. 예를 들면 신은 파리를 쫓으라고 꼬리를 주었지만, 자신은 차라리 꼬리도 파리도 없었으면 좋겠다고 말하는 식이었다. 농장의 동물들 사이에서 그만 유독 웃지 않았다. 왜 그러느냐는 질문을 받으면 웃을 만한 일이 없다고 대답할 뿐이었다. 그럼에도, 비록 공개적으로 인정하지는 않았지만, 그는 복서에게 헌신적이었다. 일요일이면 둘은 과수원 너머 작은 방목지에서 나란히 풀을 뜯으며 말없이 함께 시간을 보내곤 했다.

두 마리 말이 막 바닥에 엎드렸을 때 어미를 잃어버린 새끼 오리 떼가 축사로 들어와 가냘픈 소리로 울면서 밟히지 않을 만한 곳을 찾으려고 이리저리 헤매고 돌아다녔다. 클로버가 큼직한 앞다리로 그들 주위에 벽 같은 것을 만들어주자 새끼 오리들은 그 안에 아늑하게 자리 잡고 금세 잠이 들었다. 마지막 순간에 존스 씨의 이륜마차를 끄는, 어리석지만 예쁘게 생긴 흰 암말 몰리가 각설탕을 씹으며 으스대듯 우아하게 들어왔다. 그녀는 앞쪽에 자리를 잡더니 흰 갈기를 휘날리며 거기 묶인 붉은 리본들을 과시했다. 맨 마지막으로 고양이가 들어와 평소처럼 가장 따뜻한 곳을 찾으려고 주위를 둘러보더니 마침내 복서와 클로버 사이로 비집고 들어갔다. 거기서 고양이는 메이저의 연설 내내 그의 말은 한마디도 듣지 않고 만족스러운 듯 가르랑거렸다.

이제 뒷문 뒤 홰에서 자고 있던 길든 큰까마귀 모지스를 제외한 모든 동물이 모였다. 메이저는 동물들이 다 편안하게 자리를 잡고 집중하며 기다리는 것을 확인한 후 목청을 가다듬고 말을 시작했다.

"동지 여러분, 내가 지난밤에 이상한 꿈을 꾸었다는 소식은 이미 들었을 겁니다. 하지만 그 꿈 이야기는 잠시 제쳐두고 먼저 해야 할 말이 있어요. 동지 여러분, 앞으로 나는 여러분과 길어야 몇 달밖에 함께하지 못할 것 같습니다. 그리고 죽기 전에, 나는 이제까지 얻은 지혜를 여러분에게 전해야 할 의무가 있다고 느낍니다. 나는 오래 살았고, 우리 안에 홀로 누워 생각할 시간이 많았지요. 그리고 지금 살아 있는 이

지구상의 어떤 동물 못지않게 삶의 본질을 알고 있다고 말할 수 있겠습니다. 내가 여러분에게 말하고 싶은 것은 바로 이 점입니다.

자, 동지 여러분, 우리의 삶이란 어떻습니까? 똑바로 보세요. 비참하고 고달프고 짧습니다. 우리는 태어나서 몸뚱이에 숨이 붙어 있을 만큼의 먹이만 받아먹고, 능력이 닿는 한 마지막 힘이 다할 때까지 일을 해야 하며, 쓸모가 다하는 바로 그 순간 소름 끼치도록 무자비하게 도살당합니다. 영국의 그 어떤 동물도 한 살만 넘으면 행복이나 여가의 의미를 알지 못하게 됩니다. 영국의 동물에겐 자유가 없습니다. 동물의 삶이란 비참하고 노예와 같습니다. 이것은 명백한 진실입니다.

하지만 이것이 그저 자연의 질서일까요? 우리가 사는 이 땅이 너무 가난해서 여기 사는 이들에게 제대로 된 삶을 허락하지 않기 때문일까요? 아니요, 동지 여러분, 절대 그렇지 않습니다! 영국의 땅은 비옥하고 기후가 좋아서 지금보다 훨씬 더 많은 동물에게도 풍족한 식량을 제공할 수 있습니다. 우리 농장만 해도 말 열두 마리와 암소 스무 마리, 양 수백 마리에게 우리가 상상하는 것 이상으로 안락하고 존엄한 삶을 보장할 수 있단 말입니다. 그런데 왜 우리는 여전히 이 비참한 상태를 벗어나지 못할까요? 우리가 노동으로 생산한 거의 모든 것을 인간이 빼앗아 가기 때문입니다. 동지 여러분, 우리의 모든 문제에 대한 해답이 바로 여기 있습니다. 이 답은 단 하나의 단어로 요약됩니다. 인간. 인간이야말로 우리의 유일한 적입니다. 인간을 여기서 몰아내면, 배고픔과 과로의 근원은 영원히 사라질 것입니다.

인간은 생산하지 않고 소비만 하는 유일한 피조물입니다. 인간은 젖도 만들지 않고 알도 낳지 않으며 쟁기를 끌기에는 너무 약하고 토끼를 잡을 만큼 빨리 달리지도 못합니다. 그러나 인간은 모든 동물의 주인입니다. 동물들에게 일을 시키고 겨우 굶어 죽지 않을 만큼 최소한의 먹이만 주고는 나머지는 자기가 다 챙깁니다. 우리의 노동으로 땅을 갈고 우리의 배설물이 땅을 비옥하게 하지만 우리가 가진 것은 헐벗은 가죽 말고는 아무것도 없습니다. 지금 내 앞에 있는 암소 여러분, 지난 한 해 동안 몇천 리터의 우유를 짜냈습니까? 튼튼한 송아지를 먹여야 할 그 우유는 다 어디로 갔습니까? 한 방울도 남김없이 적들의 목구멍으로 흘러 들어갔습니다. 또 암탉 여러분, 지난해 얼마나 많은 알을 낳았습니까? 그중 부화해 병아리가 된 것은 몇 개나 됩니까? 나머지는 모두 시장으로 팔려 가서 존스와 그 일당의 주머니만 불려주었습니다. 그리고 클로버 동지, 그대가 낳은 망아지 네 마리는 지금 어디에 있습니까? 노년의 버팀목이자 즐거움이어야 할 그 아이들은요?

그 애들은 모두 한 살 때 팔려 갔고, 이제 다시는 볼 수 없을 겁니다. 네 번의 임신과 출산, 들판에서의 고된 노동의 대가로 당신은 무엇을 받았습니까? 최소한의 사료와 마구간 말고 뭐가 있단 말입니까?

게다가 우리는 이 비참한 삶을 살면서도 천수를 누릴 수 없습니다. 나는 운이 좋은 편이니 불평하지 않겠습니다. 나는 12년을 살았고 자식들도 사백 마리가 넘지요. 이것이 돼지의 자연스러운 삶입니다. 그러나 어떤 동물도 종국에는 잔인한 칼을 피할 수 없습니다. 내 앞에 앉아 있는 젊은 식용 돼지 여러분, 여러분은 모두 1년 안에 도살장에서 비명을 지르며 죽음을 맞이할 것입니다. 암소, 돼지, 암탉, 양…… 그 끔찍한 최후는 우리 모두 마찬가지입니다. 말이나 개조차도 더 나은 운명이 주어진 건 아니지요. 복서 동지, 그대의 위대한 근육이 힘을 잃는 바로 그날, 존스는 그대를 폐마 도살업자에게 팔아넘길 것이고 그는 당신의 목을 베고 끓는 물에 삶아 여우 사냥개에게 먹일 것입니다. 개들이 늙어서 이빨이 빠지면 존스는 목에 벽돌을 매달아 가까운 연못에 빠뜨려 죽일 겁니다.

그렇다면 동지 여러분, 우리 삶에 존재하는 모든 악은 인간의 폭정에서 비롯된 것임이 이토록 투명하지 않습니까? 인간만 제거하면 우리 노동의 소산은 온전히 우리의 몫이 됩니다. 하룻밤 사이에 우리는 부유해지고 자유로워질 수 있단 말입니다. 그러자면 우리는 어떻게 해야만 할까요? 밤낮으로, 몸과 마음을 다해, 인간이라는 종을 뒤집어엎어야 합니다! 여러분, 이것이 내가 하고픈 말입니다. 반란! 반란이 언제 올지 나는 알지 못합니다. 일주일이 될 수도 있고 100년이 될 수도 있겠지요. 하지만 머잖아 정의가 실현된다는 사실만큼은 내 발밑의 지푸라기를 보는 것만큼이나 확실히 압니다. 동지 여러분, 남아 있는 짧은 삶 동안 이것을 잊으면 안 됩니다! 그리고 무엇보다 나의 이 메시지를 여러분의 뒤를 잇는 세대에게 전해 후대들이 승리할 때까지 이 투쟁을 계속할 수 있도록 해야 합니다.

그리고 기억하십시오, 동지 여러분. 여러분의 결심이 결코 흔들려서는 안 됩니다. 어떤 이야기에도 길을 잃고 헤매서는 안 됩니다. 인간과 동물은 공통의 이해관계를 지니고 있다느니, 한쪽의 번영이 곧 다른 쪽의 번영이라느니 하는 말들에 절대로 귀를 기울여서는 안 된단 말입니다. 그건 다 새빨간 거짓말입니다. 인간은 자신 외에는 그 어떤 생명체의 이익을 위해서도 봉사하지 않아요. 우리 동물들은 완벽한 단결, 완벽한 동지애를 가지고 투쟁해야 합니다. 모든 인간은 적입니다. 모든 동물은 동지입니다."

바로 이때 엄청난 소란이 일어났다. 메이저가 말하는 동안 커다란 쥐 네 마리가 구멍에서 기어 나와 뒷몸으로 앉아서 연설을 듣고 있었는데, 개들에게 발각되자 목숨을 구하기 위해 재빨리 쥐구멍으로 달려갔다. 메이저가 앞발을 들어 좌중을 조용히 시키며 말했다.

"동지들, 여기서 반드시 해결해야 하는 문제가 있습니다. 쥐와 토끼 같은 야생동물들은 우리의 친구입니까, 아니면 적입니까? 투표로 결정합시다. 나는 이 안건을 오늘 회의에 상정합니다. 쥐는 동지입니까?"

곧바로 투표가 진행되었고, 압도적 다수가 쥐는 동지라는 데 동의했다. 반대 의견은 단 네 표, 개 세 마리와 고양이 한 마리뿐이었는데, 나중에 고양이는 양쪽 모두에 투표한 것이 밝혀졌다. 메이저가 말을 이었다.

"이제 더는 할 말이 많지 않습니다. 다만 되풀이하자면, 인간과 인간의 모든 방식에 증오심을 갖는 것이 여러분의 의무라는 사실을 언제나 기억하십시오. 무엇이든 두 발로 다니는 것은 적입니다. 무엇이든 네발로 다니거나 날개가 있는 것은 친구입니다. 그리고 인간과 싸울 때 인간을 닮아서는 안 된다는 사실 또한 기억하십시오. 인간을 정복한 후에도 그들의 악습을 받아들여서는 안 됩니다. 어떤 동물도 집에서 살거나 침대에서 자거나 옷을 입거나 술을 마시거나 담배를 피우거나 돈을 만지거나 장사를 해서는 안 됩니다. 인간의 모든 습관은 악합니다. 그리고 무엇보다 어떤 동물도 절대 동족 위에 군

림해서는 안 됩니다. 약하든 강하든, 영리하든 단순하든, 우리는 모두 형제입니다. 어떤 동물도 다른 동물을 죽여서는 안 됩니다. 모든 동물은 평등합니다.

자, 동지 여러분, 이제 어젯밤 꿈에 관해 말씀드리겠습니다. 그 꿈을 자세히 설명할 수는 없습니다. 그건 인간이 사라진 후의 이 지구에 대한 꿈이었어요. 하지만 그 꿈은 내가 오랫동안 잊고 있던 무언가를 떠올리게 했습니다. 오래전 내가 새끼 돼지였을 때, 내 어머니와 다른 암퇘지들은 곡조와 첫 세 마디 가사만 아는 옛 노래를 부르곤 했지요. 어렸을 때 나는 그 멜로디를 알고 있었지만 머릿속에서 사라진 지 오래였습니다. 그런데 간밤의 꿈에서 그 노래가 다시 떠올랐어요. 그리고 그뿐만 아니라 가사까지 다시 돌아온 겁니다. 분명 오래전 동물들이 불렀지만 여러 세대를 거치면서 기억에서 사라져버린 그 가사가요. 이제 그 노래를 불러드리겠습니다, 동지 여러분. 나는 나이도 많고 목도 쉬었지만, 내가 이 노래를 가르쳐주면 여러분은 스스로 더 잘 부를 수 있을 겁니다. 〈영국의 짐승들〉이라는 노래입니다."

메이저 영감은 목을 가다듬고 노래를 부르기 시작했다. 영감의 말대로 목은 쉬었지만 그는 노래를 꽤 잘 불렀고, 노래는 〈클레먼타인〉과 〈라 쿠카라차〉 사이쯤 되는 감동적인 곡이었다. 가사는 이랬다.

영국의 짐승들아, 아일랜드의 짐승들아

모든 땅과 나라의 짐승들아

내 기쁜 소식에 귀 기울여라

찾아올 황금빛 시간의 소식이다

머잖아 그날이 오리라

독재자 인간이 쫓겨나고

영국의 기름진 들판에는

오직 짐승들만 활보하리라

우리 코에서 코뚜레가 사라지고

우리 등에서 굴레가 사라지고

재갈과 박차는 영원히 녹슬고

가혹한 채찍 소리도 없어지리라

상상할 수 없는 부요함

밀과 보리, 귀리와 건초

토끼풀과 콩과 사탕무가

그날에 우리 것이 될지라

영국의 들판은 밝게 빛나고

강물은 더 맑게 흐르고
바람은 더 달콤하게 불어오리라
우리가 자유를 얻는 그날에

그날을 위해 우리는 일하자
그날이 오기 전에 죽을지라도
암소와 말, 거위와 칠면조도
모두 자유를 위해 힘써 일하자

영국의 짐승들아, 아일랜드의 짐승들아
모든 땅과 나라의 짐승들아
잘 듣고 내 소식을 전파하라
찾아올 황금빛 시간의 소식이다

　이 노래가 울려 퍼지자 동물들은 극도의 흥분 상태에 빠졌다. 메이저가 끝까지 다 마치기도 전에 동물들은 스스로 노래를 부르기 시작했다. 가장 아둔한 동물조차도 이미 곡조와 가사 몇 마디를 익혔고 돼지와 개 같은 영리한 동물들은 몇 분만에 노래 전체를 외웠다. 그러고 나서 몇 번의 연습 끝에 농장 전체가 떠나갈 듯이 〈영국의 짐승들〉을 우렁차게 제창했다. 암소들은 음매, 개들은 깽깽, 양은 매매, 말은 히힝, 오리는 꽥꽥 하며 노래를 불렀다. 그들은 이 노래가 너무 흥겨워 다섯 번이나 연거푸 불러댔고, 만약 방해만 없었다면 밤새도록 계속 불렀을 것이다.

불행하게도, 이 소란에 잠이 깬 존스 씨가 마당에 여우가 나타났다고 생각하고는 침대에서 벌떡 일어났다. 그는 침실 구석에 늘 세워져 있던 총을 들어 어둠 속으로 6번 탄환•을 여러 번 쏘았다. 작은 총알들이 축사 벽에 박혔고 회의는 급하게 끝났다. 모두 각자의 잠자리로 도망쳤다. 새들은 홰로 날아오르고 동물들은 짚 더미 속으로 들어가더니 곧 농장 전체가 순식간에 잠들었다.

<hr />

• '6번 탄환(number 6 shot)'은 여러 번역본에서 누락되거나 오역('여섯 발을 쏘았다')되는 경우가 많은데, 실제로 이것은 새를 쏘는 데 사용하는 특정 크기의 사냥용 산탄을 의미한다. 안에 작은 탄알들(pellets)이 가득 들어 있어 새가 어디로 피하더라도 맞히기 쉽다.

제2장

사흘 후 메이저 영감은 잠든 채 평화롭게 세상을 떠났다. 그의 사체는 과수원 기슭에 묻혔다.

이것이 3월 초였다. 이후 석 달 동안 농장에서는 비밀스러운 활동이 잔뜩 일어났다. 메이저의 연설은 농장의 똑똑한 동물들에게 삶에 대한 완전히 새로운 관점을 심어주었다. 그들은 메이저가 예언한 반란이 언제 일어날지 몰랐고, 또 자신들이 살아 있는 동안 일어날 거라고 생각할 근거도 없었지만, 반란을 준비하는 것이 자신들의 의무라는 사실만은 분명히 알고 있었다. 다른 동물들을 가르치고 조직하는 일은 동물 중에서 가장 영리하다고 인정받는 돼지들에게 자연스레 맡겨졌다. 돼지 중에서도 가장 두각을 나타낸 것은 존스 씨가 팔아먹을 요량으로 키우고 있던 스노볼과 나폴레옹이라는 이름의 젊은 수퇘지 두 마리였다. 나폴레옹은 몸집이 크고 사나워 보이는, 농장에서 유일한 버크셔종●의 검정 수퇘지로 달변은 아니지만 자기만의 방식대로 밀어붙이는 것으로 명성이 자자했다. 스노볼은 나폴레옹보다 더 활달하고 말이 빠르며 창의력도 뛰어났지만, 나폴레옹만큼 속이 깊다고 여겨지지는 않았다. 농장에 있는 다른 수퇘지들은 모두 식용 돼지였다. 그중 가장 잘 알려진 돼지는 뺨이 동글동글하고 눈은 반짝거리며 움직임은 민첩하고 목소리는 날카로운 스퀼러라는 작고 뚱뚱한 돼지였다. 그는 말솜씨가 탁월했고, 어려운 문제를 논의할 때는 좌우로 이리저리 뛰어다니며 꼬리를 털곤 했는데, 이것이 왠지 모르게 매우 설득력이 있었다. 다른 동물들은 스퀼러라면 검정을 하양으로 바꿀 수도 있을 거라고 말했다.

이 셋은 메이저 영감의 가르침을 완전한 사상 체계로 발전시키고 거기에 '동물주의'라는 이름을 붙였다. 일주일에 며칠 밤씩 그들은 존스 씨가 잠든 뒤 축사에서 비밀회의를 열고 다른 동물들에게 동물주의의 원리를 설명했다. 처음에는 숱한 어리석음과 냉담함에 부딪혔다. 어떤 동물들은 존스 씨를 '주인님'이라고 지칭하며 충성의 의무를 말하기도 했고, '존스 씨가 우리를 먹여 살리기 때문에 그가 사라지면 우리는

● 흑돼지 품종의 하나.

굶어 죽을 거다'라는 식의 일차원적인 이야기를 하기도 했다. 다른 동물들은 '우리가 죽은 다음에 일어날 일을 왜 우리가 걱정해야 하죠?'라거나 '어차피 반란이 일어날 거라면 우리가 노력하든 안 하든 무슨 상관이 있나요?'와 같은 질문을 했다. 돼지들은 그것들이 동물주의 정신에 위배된다는 것을 깨닫게 하는 데 큰 어려움을 겪었다. 가장 어리석은 질문은 흰 암말 몰리가 던졌다. 몰리가 스노볼에게 한 첫 번째 질문은 이랬다. "반란 후에도 여전히 설탕은 있겠죠?"

"아니요." 스노볼이 단호하게 대답했다. "이 농장에는 설탕을 만들 수 있는 시설이 없어요. 게다가 당신에겐 설탕이 필요 없습니다. 귀리와 건초를 얼마든지 먹을 수 있으니까요."

"그러면 제 갈기에 리본은 계속 달아도 되나요?" 몰리가 물었다.

"동지, 당신이 그토록 애지중지하는 리본은 노예의 배지예요. 자유가 리본보다 더 귀하다는 걸 이해하지 못하겠나요?" 스노볼이 말했다.

몰리는 동의했지만, 완전히 납득한 목소리는 아니었다.

돼지들은 길든 큰까마귀 모지스가 퍼뜨린 거짓말을 반박하느라 한층 더 힘겨운 싸움을 벌였다. 모지스는 존스 씨가 특별히 아끼는 애완동물로 스파이에다가 고자질쟁이였지만 동시에 영리한 달변가이기도 했다. 그는 모든 동물이 죽으면 가게 되는 '슈거캔디 마운틴'이라는 신비한 나라의 존재를 자신이 알고 있다고 주장했다. 모지스의 말에 따르면 '슈거캔디 마운틴'은 구름 너머 저 하늘 어딘가에 있는데, 그곳에서는 매일이 일요일이고 토끼풀이 사시사철 피어 있으며 울타리에서 각설탕과 아마씨 케이크●가 자란다는 것이다. 동물들은 모지스가 말만 늘어놓고 일은 하지 않는다며 싫어했지만, 몇몇이 '슈거캔디 마운틴'을 믿었던 터라 돼지들은 그런 곳은 없다고 설득하기 위해 매우 열심히 논쟁을 벌여야만 했다.

돼지들의 가장 충실한 제자는 두 마리의 수레 말 복서와 클로버였다. 이 둘은 자신들의 힘으로 뭔가를 생각해내는 것은 어려워했지만 일단 돼지들을 선생님으로 받아들인 다음에는 돼지들이 하는 말은 무엇이든 다 흡수하고 단순한 말로 바꾸어 다른 동물들에게 전파했다. 말들은 축사에서 열리는 비밀 회의에 빠지지 않았고, 모임이 끝날 때마다 항상 부르는 〈영국의 짐승들〉을 선창했다.

나중에 알게 된 사실이지만 반란은 예상했던 것보다 훨씬

● 원문의 'linseed cake'는 원래 아마씨(flaxseed)를 압착해 기름을 추출한 후 남은 고형물을 뜻한다. 주로 가축 사료나 비료로 사용되기 때문에 '아마인 깻묵'이나 '아마박(亞麻粕)', '아마씨 사료' 등으로 번역하기도 하지만, 여기서는 지상낙원을 묘사하는 과정에서 작가가 '케이크'라는 단어의 이중적인 어감을 살리고자 한 정황이 보이기 때문에 '케이크'를 그대로 남겨두었다.

더 일찍, 그리고 쉽게 이뤄졌다. 지난 시절 존스 씨는 가혹한 주인이기는 했어도 유능한 농장주였는데, 최근 들어 그에게 악재가 겹쳤다. 소송에서 돈을 잃은 후 크게 낙담했고, 건강을 해칠 정도로 술을 퍼마시기 시작했다. 몇 날 며칠을 부엌의 윈저 의자●에 앉아 신문을 읽거나 술을 마시고, 이따금 모지스에게 맥주에 적신 빵 껍질만 먹일 뿐이었다. 그의 일꾼들은 게으르고 부정직했고, 들판에는 잡초가 무성했으며, 축사 지붕은 수리가 필요했고, 울타리는 방치된 데다 동물들은 제대로 먹지 못했다.

6월이 되자 건초용 목초를 자를 시기가 다가왔다. 토요일이었던 하지 전날, 존스 씨는 윌링던에 갔다가 '레드 라이언'에서 술을 진탕 마시고는 일요일 점심때까지 돌아오지 않았다. 일꾼들은 아침 일찍 소젖을 짠 다음 동물들에게 먹이도 주지 않은 채 토끼 사냥을 가버렸다. 존스 씨는 돌아오자마자 곧바로 거실 소파에 누워 《세계의 뉴스》 신문지로 얼굴을 덮은 채 잠이 들었고, 저녁이 될 때까지도 동물들은 여전히 아무것도 먹지 못했다. 마침내 동물들은 더 이상 참을 수 없어

● '윈저 의자(Windsor chair)'는 등받이에 가느다란 막대(스핀들)가 여럿 배열된 것이 특징인 전통 가구로, 18세기 영국 윈저 지방에서 유래된 나무 의자다. 일반적으로 단풍나무, 참나무, 호두나무 같은 단단한 목재로 제작된다.

졌다. 암소 한 마리가 뿔로 곳간 문을 부수고 들어가자 모든 동물이 저장 통에서 스스로 먹이를 구해 먹기 시작했다. 바로 그때 존스 씨가 깨어났다. 존스 씨와 일꾼 넷은 곳간으로 달려가 손에 든 채찍을 사방으로 휘둘렀다. 이는 굶주린 동물들이 견딜 수 있는 수준을 넘어선 것이었다. 결코 미리 계획할 수 있는 일은 아니었지만, 동물들은 한마음으로 학대자들에게 달려들었다. 존스와 일꾼들은 갑자기 사방에서 뿔에 받히고 발길질을 당했다. 상황은 통제 불능 상태였다. 그들은 동물들이 전에 이런 행동을 하는 걸 본 적이 없었고, 그저 마음대로 짓밟고 학대하는 데 익숙했기 때문에 동물들이 일으킨 반란에 거의 정신을 잃을 지경이었다. 일이 분 만에 인간들은 방어를 포기하고 도망치기 시작했다. 잠시 후 다섯 사람은 큰길로 이어지는 마찻길을 따라 전속력으로 줄행랑을 쳤고 동물들은 승리의 함성을 지르며 그 뒤를 쫓았다.

존스 부인은 침실 창밖을 내다보며 사태를 파악한 뒤 서둘러 소지품 몇 개만을 여행 가방에 챙겨서 다른 길로 농장을 빠져나갔다. 모지스는 홰에서 튀어 오르더니 큰 소리로 울부짖으며 부인의 뒤를 따라 날아갔다. 그러는 동안 동물들은 존스와 일꾼들을 큰길까지 내쫓고는 다섯 개의 빗장이 달린 대문을 쾅 하고 닫아버렸다. 이렇게 해서, 동물들이 무슨 일이 벌어지고 있는지 미처 알기도 전에, 반란은 성공적으로 마무리

되었다. 존스는 추방되었고 매너 농장은 동물들의 것이었다.

처음 얼마 동안 동물들은 자신들에게 주어진 행운이 도저히 믿기지 않았다. 그들이 가장 먼저 한 행동은 마치 인간이 어디에도 숨어 있지 않다는 사실을 확실히 하려는 듯 경계를 따라 농장을 한 바퀴 돌며 질주하는 일이었다. 그런 다음 그들은 존스가 했던 증오스러운 지배의 마지막 흔적들을 지우기 위해 농장 건물로 뛰어 들어갔다. 마구간 끝에 있던 마구실을 부수고, 재갈과 코뚜레, 개 사슬, 그리고 존스 씨가 돼지와 양을 거세할 때 사용하던 잔인한 칼 모두를 우물 아래로 던져버렸다. 고삐, 굴레, 눈가리개, 목에 거는 치욕적인 사료 자루는 마당에서 쓰레기를 태우고 있는 불 속으로 던져졌다. 채찍도 마찬가지였다. 동물들은 채찍이 불길에 휩싸이는 것을 보고 모두 기쁨에 겨워 뛰어다녔다. 스노볼은 장이 서는 날이면 말갈기와 꼬리를 장식하던 리본도 불에 던져 넣었다.

"리본은 인간의 표식인 옷으로 간주해야 해요. 모든 동물은 맨몸으로 다녀야 합니다." 스노볼이 말했다.

이 말을 들은 복서는 여름이면 귀에 파리가 들어가지 않도록 쓰던 작은 밀짚모자를 가져와 나머지와 함께 불에 던져 넣었다.

얼마 지나지 않아 동물들은 존스 씨를 떠올리게 하는 모든 것을 부숴버렸다. 그런 다음 나폴레옹은 동물들을 곳간으로 데려가 모두에게 옥수수를 이전의 두 배로 배급하고 개들마다 비스킷 두 개씩을 나누어주었다. 그러고 나서 그들은 〈영국의 짐승들〉을 처음부터 끝까지 일곱 번 되풀이해서 불렀고, 밤이 되자 자리를 잡고 누워 이제껏 한 번도 잠을 자지 않았던 것처럼 단잠을 잤다.

그들은 여느 때처럼 새벽에 깨어났지만, 불현듯 어제 일어났던 영광스러운 일이 기억나자 모두 함께 목초지로 달려 나갔다. 목초지 조금 아래에는 농장 전체를 바라볼 수 있는 볼록한 언덕이 있었다. 동물들은 언덕 꼭대기로 달려가 맑은 아침 햇살을 받으며 주위를 둘러보았다. 그랬다, 눈에 보이는 모든 것이 그들의 것이었다! 이러한 생각으로 황홀경에 빠진 동물들은 빙글빙글 돌기도 하고 흥분한 나머지 공중으로 펄쩍펄쩍 뛰어오르기도 했다. 아침 이슬 속에 뒹굴고, 달콤한 여름 풀잎을 한입 가득 뜯어 먹고, 검은 흙덩어리를 차올려 그 진한 냄새를 맡기도 했다. 그런 다음 농장 전체를 면밀하게 살폈는데, 경작지, 건초 밭, 과수원, 수영장, 웅덩이, 덤불숲을 둘러보며 말없이 감탄하고 말았다. 마치 이런 것들을 전에 한 번도 본 적 없는 것 같았고, 지금 생각해도 이 모든 게 자신들의 것이라는 사실이 믿기지 않았다.

그러고 나서 그들은 농장 건물로 돌아와 존스 씨가 살았던 농가 문 앞에 조용히 멈춰 섰다. 이 집도 그들의 것이었지만,

겁에 질려 안으로 들어가지 못했다. 하지만 잠시 후 스노볼과 나폴레옹이 어깨로 들이받아 문을 열자 동물들은 혹시라도 집 안 물건들이 다치기라도 할까봐 최대한 조심하며 한 줄로 들어갔다. 그들은 발끝으로 방에서 방으로 조심스럽게 걸어 다니며 속삭이는 것 이상으로 목소리를 높이지 않았다. 그리고 깃털 매트리스가 놓인 침대와 거울, 말총 소파, 브뤼셀 카펫, 거실 벽난로 위에 걸린 빅토리아 여왕의 석판화 같은 믿을 수 없는 사치품들을 경이로운 시선으로 바라보았다. 몰리가 사라진 걸 발견한 건 그들이 막 계단을 내려오던 중이었다. 돌아가보니 몰리는 제일 근사한 침실에 남아 존스 부인의 화장대에서 꺼낸 푸른 리본을 어깨에 대고 거울에 비친 자기 모습을 아주 우스꽝스럽게 경탄하며 보고 있었다. 동물들은 그녀를 호되게 질책하고는 밖으로 나왔다. 부엌에 걸려 있던 햄 덩어리는 땅속에 파묻기 위해 끌어 내렸고, 조리대에 있던 맥주 통은 복서가 발굽으로 차서 깨버렸지만, 그 밖에는 집 안의 어떤 것도 건드리지 않았다. 그 자리에서 만장일치로 이 집을 박물관으로 보존해야 한다는 결의안이 통과되었다. 어떤 동물도 여기 살아서는 안 된다는 의견에 모두가 동의했다.

아침을 먹고 난 뒤 스노볼과 나폴레옹이 다시 동물들을 불러 모았다.

"동지 여러분." 스노볼이 말했다. "이제 6시 반이 지났고 아직 우리 앞에는 긴 하루가 남아 있습니다. 오늘 우리는 건초 수확을 시작할 겁니다. 하지만 먼저 처리해야 할 다른 문제가 있어요."

돼지들은 지난 석 달 동안 존스 씨의 자녀들이 쓰레기 더미에 버린 낡은 철자 책을 보고 읽고 쓰는 법을 독학했다고 밝혔다. 나폴레옹은 검은색과 흰색 페인트가 담긴 통을 가져오게 한 뒤 동물들을 큰길로 통하는 빗장 다섯 개가 달린 대문으로 데려갔다. 그런 다음 스노볼이(그가 글씨를 가장 잘 썼기 때문에) 앞발의 두 관절 사이에 붓을 끼우고는 대문 가장 위쪽 빗장에 적힌 '매너 농장'을 지운 뒤 그 자리에 '동물 농장'이라고 썼다. 이것이 앞으로 농장의 새 이름이 될 거였다. 그 후 그들은 농장 건물로 돌아갔고 스노볼과 나폴레옹은 사다리를 가져오게 해서 커다란 축사 한쪽 벽에 걸쳐놓았다. 그들은 지난 석 달간의 연구를 통해 동물주의의 원리를 '일곱 계명'으로 줄이는 데 성공했다고 설명했다. 이 일곱 계명은 이제 벽에 새겨져 동물 농장에 사는 모든 동물이 영구적으로 지켜야 할 불변의 법칙이 될 거였다. 스노볼은 어렵게 사다리를 타고 올라가서(돼지가 사다리 위에서 균형을 잡기란 쉽지 않은 법이다) 작업을 시작했고, 스퀼러는 몇 계단 아래에서 페인트 통을 들고 있었다. 계명은 타르를 칠한 벽에 커다란 흰색 글자로 쓰여서 30미터 밖에서도 읽을 수 있었다. 내용은 이러했다.

일곱 계명

1. 무엇이든 두 발로 다니는 것은 적이다.

2. 무엇이든 네발로 다니거나 날개가 있는 것은 친구다.

3. 어떤 동물도 옷을 입어서는 안 된다.

4. 어떤 동물도 침대에서 자서는 안 된다.

5. 어떤 동물도 술을 마셔서는 안 된다.

6. 어떤 동물도 다른 동물을 죽여서는 안 된다.

7. 모든 동물은 평등하다.

아주 깔끔하게 잘 쓴 글씨였다. 친구를 뜻하는 'friend'가 'freind'로 적혔고, 'S' 하나가 좌우로 뒤집힌 것만 빼면 철자법도 끝까지 정확했다. 스노볼은 다른 동물을 위해 큰 소리로 계명을 읽어주었다. 모든 동물이 완전히 동의하며 고개를 끄덕였고, 똑똑한 동물들은 곧바로 계명을 외우기 시작했다.

"자, 동지 여러분." 스노볼이 페인트 붓을 던지며 외쳤다. "이제 건초 밭으로 갑시다! 우리의 명예를 걸고 존스와 그 일꾼들보다 더 빨리 수확을 해봅시다!"

그런데 이때 아까부터 몸이 불편해 보이던 암소 세 마리가 큰 소리로 음매 하고 울었다. 암소들은 지난 스물네 시간 동안 젖을 짜지 않아 젖통이 거의 터질 지경이었다. 돼지들은 잠시 생각한 끝에 양동이를 가져오게 해서 제법 솜씨 있게 암소들의 젖을 짜주었다. 돼지들의 발은 젖을 짜는 데 안성맞춤이었다. 곧 거품 가득한 크림 같은 우유가 다섯 양동이에 찼고, 많은 동물이 상당한 관심을 보이며 이를 지켜보았다.

"저 많은 우유를 다 어떻게 할 건가요?" 누군가가 물었다.

"존스는 가끔 우리 먹이에 우유를 섞어주기도 했는데." 암탉 한 마리가 말했다.

"우유는 신경 쓰지 마시오, 동지들!" 나폴레옹이 양동이 앞으로 나서며 소리쳤다. "알아서 잘 처리될 겁니다. 건초 수확이 더 중요하지요. 스노볼 동지가 앞장설 겁니다. 나도 곧 따라갈 거고요. 동지 여러분, 전진하시오! 건초가 기다리고 있습니다."

동물들은 풀을 베러 건초 밭으로 내려갔다. 그리고 저녁에 돌아와보니 우유는 어디론가 사라지고 없었다.

제3장

건초를 수확하기 위해 얼마나 많은 땀을 흘렸던지! 하지만 그들의 노력은 헛되지 않아서 기대했던 것보다 훨씬 더 큰 성과를 거두었다.

때때로 일은 고됐다. 농기구는 동물이 아닌 인간을 위해 만들어진 것이었고, 어떤 동물도 뒷발로 서서 도구를 사용할 수 없다는 것이 큰 결점이었다. 그러나 돼지들은 영리했기 때문에 이 모든 어려움을 극복할 방법을 생각해냈다. 말들의 경우 밭 구석구석을 잘 알고 있는 데다 풀을 베고 거두는 일에 관해서라면 사실 존스와 일꾼들보다도 훨씬 더 전문가였다. 돼지들은 실제로 일은 하지 않았지만 다른 동물들을 지휘하고 감독했다. 뛰어난 지식을 지닌 그들이 리더를 맡는 것은 자연스러운 일이었다. 복서와 클로버는 풀 베는 기구나 써레를 몸에 매고(물론 이제 재갈이나 고삐는 필요 없었다) 밭을 꾸준히 돌고 돌았고 돼지가 뒤따라 걸으면서 상황에 따라 "이러, 동지!" 혹은 "워워, 동지!" 하고 소리를 질렀다. 가장 작고 하찮은 동물까지도 건초를 뒤집고 모으는 일에 참여했다. 심지어 오리와 암탉들도 부리에 작은 건초 뭉치를 물고 온종일 땡볕 아래서 이리저리 다니며 땀을 흘렸다. 마침내 그들은 존스와 일꾼들이 보통 일할 때보다 이틀이나 빨리 수확을 마쳤다. 게다가 이제까지 농장에서 한 것 중 가장 수확량이 많았다. 암탉과 오리들이 날카로운 눈으로 마지막 한 줄기까지 모조리 챙겼기 때문에 놓친 것이 하나도 없었다. 그리고 단 한 입이라도 몰래 훔쳐 먹은 동물은 아무도 없었다.

그해 여름 내내 농장의 일은 시계처럼 순조롭게 진행되었다. 동물들은 예전이라면 상상도 하지 못했을 행복을 느꼈다. 한입 한입 입에 들어가는 먹이가 너무나 달콤한 기쁨을 주었다. 인색한 주인이 마지못해 나눠주는 게 아니라 동물들 스스로 그들 자신을 위해 만든, 진정한 그들의 먹이였기 때문이다. 아무짝에도 쓸모없는 기생충 같은 인간이 사라지자 모두가 먹을 수 있는 음식은 더 많아졌다. 전에 경험해본 적은 없었지만 여가 시간도 더 많아졌다. 그러나 동물들은 여러 난관에 부딪히기도 했다. 예를 들어 나중에 곡식을 수확할 때, 농장에는 탈곡기가 없었기 때문에 옛날 방식으로 일일이 발로

밟고 왕겨를 입으로 불어 날려야 했다. 하지만 언제나 돼지들의 두뇌와 복서의 엄청난 근육이 이를 극복해냈다. 복서는 모두가 존경하는 대상이었다. 그는 존스 시절에도 열심히 일했지만 이제는 한 마리가 아니라 세 마리 말 몫을 해내는 것처럼 보였고, 어떤 날에는 농장의 모든 일이 그의 강대한 두 어깨에 달린 것처럼 느껴지기도 했다. 아침부터 밤까지 그는 항상 가장 힘든 일을 하는 곳에서 밀고 당기며 일했다. 그는 수탉 한 마리에게 다른 어떤 동물보다도 삼십 분 일찍 깨워달라고 부탁했고, 일과가 시작되기 전에는 가장 필요하다고 생각되는 곳에 찾아가 자원해서 일을 하곤 했다. 모든 문제와 어려움에 대한 그의 대답은 "내가 더 열심히 일하자!"였고 그건 그의 좌우명이기도 했다.

하지만 모든 동물은 각자의 능력에 따라 일했다. 예를 들어 암탉들과 오리들은 수확 시기에 흩어진 낟알들을 주워 모아 다섯 부셸●을 더 거뒀다. 아무도 도둑질하지 않았고, 배급량에 불평하지 않았으며, 예전에는 일상이었던 싸움과 물어뜯기와 질투가 거의 사라졌다. 아무도 일을 게을리하지 않았다. 아니, 거의 그랬다. 사실대로 말하자면, 몰리는 아침에 잘 일

● 곡물이나 과일 등의 부피를 측정하는 단위로, 1부셸은 영국 기준으로 약 36.37리터에 해당한다. 현재는 거의 사용되지 않는다.

어나지 못했고 발굽에 돌이 박혔다는 이유로 일찍 일을 마치곤 했다. 또 고양이의 행동 역시 다소 특이한 점이 있었다. 해야 할 일이 있으면 고양이가 보이지 않는다는 걸 모두가 알아챘다. 고양이는 몇 시간 동안 사라졌다가 식사 시간이나 일이 끝난 저녁에 마치 아무 일도 없었다는 듯 다시 나타나곤 했다. 그러나 고양이는 항상 그럴듯한 변명을 늘어놓았고 다정하게 가르랑거렸기 때문에 누구도 그녀의 선의를 믿지 않을 수 없었다. 당나귀 벤저민 영감은 반란 이후에도 전혀 달라진 구석이 없었다. 그는 존스 시절과 마찬가지로 느리고 고집스러운 방식으로 일을 했고, 게으름을 피우지도 않았지만 추가로 자원해서 일하는 법도 없었다. 반란과 그 결과에 관해서는 아무런 의견도 내놓지 않았다. 존스가 사라진 지금이 더 행복하지 않으냐는 질문에 그는 "당나귀는 오래 살지. 너희 중에 누구도 죽은 당나귀를 본 적은 없을걸"이라고만 말했고 다른 동물들은 이 수수께끼 같은 대답에 만족해야 했다.

일요일에는 일이 없었다. 아침 식사는 평소보다 한 시간 늦었고, 식사 후에는 매주 빠짐없이 지키는 의식이 있었다. 첫 순서는 깃발 게양이었다. 스노볼은 마구실에서 존스 부인이 쓰던 낡은 녹색 식탁보를 찾아내 그 위에 흰색으로 발굽과 뿔을 그려 넣었다. 이 깃발은 일요일 아침마다 농가 마당에 있는 깃대에 걸렸다. 스노볼의 설명에 따르면, 깃발의 녹색은 영국의 푸른 들판을 의미하고 발굽과 뿔은 마침내 인류가 완전히 타도된 뒤 찾아올 미래의 '동물 공화국'을 상징했다. 깃발 게양식 후 모든 동물은 '집회'라고 부르는 총회에 참석하기 위해 큰 축사로 모여들었다. 집회에서는 다음 주 작업 계획을 세우고 결의안을 제출하며 토론이 벌어졌다. 결의안을 내놓는 것은 항상 돼지들이었다. 다른 동물은 투표할 줄은 알았지만 스스로 결의안을 생각해내지는 못했다. 스노볼과 나폴레옹은 토론에 가장 적극적으로 참여했다. 하지만 둘 중 어느 한쪽이 제안하면 다른 쪽이 반대하는 식으로 결코 의견 일치에는 이르지 못했다. 심지어 과수원 뒤의 작은 방목지를 은퇴한 동물들의 휴식처로 사용하기로 결의했을 때조차도(그 자체에는 누구도 반대할 수 없었다) 각 동물의 적절한 은퇴 연령을 몇 살로 할 것인가를 두고 격렬한 논쟁이 벌어졌다. 집회는 언제나 〈영국의 짐승들〉을 부르며 끝났고, 오후는 휴식과 오락 시간으로 보냈다.

돼지들은 마구실을 자신들의 본부로 삼았다. 여기서 저녁마다 농가에서 가져온 책들로 대장일과 목공 일, 그리고 그 밖에 필요한 기술들을 공부했다. 또한 스노볼은 다른 동물들을 모아 이른바 '동물 위원회'를 조직하느라 바빴다. 그는 지칠 줄 모르고 여기 매달렸다. 암탉들을 모아 '달걀 생산 위원회'를 만들고 암소들을 모아 '깨끗한 꼬리 동맹'을 조직했으며, '야생 동지 재교육 위원회'(목적은 쥐와 토끼를 길들이는 것이었다)를 만들고 양들을 위한 '더 하얀 양모 생산 운동'을 시작하는 등 다양한 위원회와 동맹들을 만들고 이에 더해 읽기와 쓰기 수업들까지 개설했다. 그러나 전반적으로 이러한 기획들은 실패로 끝났다. 예를 들어 야생동물을 길들이려는 시도는 거의 바로 실패했다. 그들은 여전히 예전과 마찬가지로 행동했으며 잘 대해주면 오히려 그걸 이용하려고만 들었다. 고양이는 '재교육 위원회'에 참여해 며칠 동안은 매우 적극적으로 활동했다. 어느 날은 지붕 위에 앉아 발이 닿지 않는 곳에 있는 참새들과 이야기를 나누는 모습이 목격되기도 했다. 고양이는 참새들에게 이제 모든 동물은 다 동지이니 원하면 어떤 참새든 와서 자기 발 위에 앉을 수 있다고 말했지만, 참새들은 거리를 유지했다.

반면에 읽기와 쓰기 수업은 큰 성공을 거두었다. 가을이 되자 농장의 거의 모든 동물이 어느 정도 읽고 쓸 수 있게 되었다.

돼지들의 경우 이미 완벽하게 읽고 쓸 수 있었다. 개들은 읽기는 꽤 잘 배웠지만 일곱 계명 외에는 어떤 것도 읽는 데 관심이 없었다. 염소 뮤리얼은 개들보다 조금 더 잘 읽었고, 저녁이면 가끔 쓰레기 더미에서 찾은 신문 조각을 다른 동물에게 읽어주곤 했다. 벤저민은 어떤 돼지 못지않게 글을 잘 읽을 수 있었지만, 결코 실력을 발휘하지는 않았다. 그는 자신이 아는 한 읽을 만한 가치가 있는 것은 아무것도 없다고 말했다. 클로버는 알파벳 전체를 배우기는 했지만 단어를 조합하지 못했다. 복서는 알파벳 D 이상으로 나아가지 못했다. 그는 커다란 발굽으로 흙바닥에 A, B, C, D를 쓴 다음 귀를 뒤로 젖히고 서서 글자들을 빤히 바라보다가, 때로 앞머리를 흔들며 다음 글자를 기억해내려고 온 힘을 다해보았지만 결코 성공하지 못했다. 실제로 그는 몇 차례에 걸쳐 E, F, G, H를 배웠지만, 그걸 외우고 나면 항상 A, B, C, D를 잊어버린다는 사실을 알게 됐다. 결국 그는 첫 네 글자에 만족하기로 하고 매일 한두 번씩 기억을 되살리기 위해 그 글자들을 써보곤 했다. 몰리(Mollie)는 자신의 이름 여섯 글자 외에는 어떤 것도 배우려 하지 않았다. 그녀는 작은 나뭇가지들로 자기 이름을 아주 예쁘게 쓰고 꽃 한두 송이로 장식한 다음 그 주위를 빙빙 돌며 감탄하곤 했다.

농장의 다른 동물들은 알파벳 A 이상 나가지 못했다. 양, 암탉, 오리와 같이 머리가 둔한 동물들은 일곱 계명을 외우는 것조차 불가능했다. 많은 고민 끝에 스노볼은 일곱 계명을 사실상 단 하나의 금언으로 축약할 수 있다고 선언했다. "네발은 좋고, 두 발은 나쁘다." 그는 이 문장에 동물주의의 본질적인 원리가 담겨 있다고 말했다. 누구든 이 원리를 완전히 이해하면 인간의 영향으로부터 안전할 수 있다는 것이었다. 새들은 처음에 자신들도 두 발이 있는 것 아니냐며 반대했지만, 스노볼은 그렇지 않다는 것을 증명해 보였다.

"동지 여러분, 새의 날개는 조작 기관이 아니라 추진 기관입니다." 스노볼은 말했다. "따라서 날개는 다리로 간주해야 해요. 인간의 특징적인 표지는 모든 악행을 자행하는 도구인 '손'이니까요."

새들은 스노볼의 긴 발언을 이해하지는 못했지만 그의 설명은 받아들였고, 나머지 모든 미련한 동물들은 이 새로운 금언을 외우기 시작했다. **"네발은 좋고, 두 발은 나쁘다"**는 축사 한쪽 끝 벽에 새겨진 일곱 계명 위에 그보다 더 큰 글씨로 적혔다. 한번 외우고 나자 양들은 이 금언을 매우 좋아하게 되었고, 들판에 누워 있을 때면 종종 우는 소리로 "네발은 좋고, 두 발은 나쁘다! 네발은 좋고, 두 발은 나쁘다!"를 외쳤으며, 몇 시간이고 계속하면서도 절대 질리지 않았다.

나폴레옹은 스노볼이 만든 위원회에는 도통 관심이 없었다. 그는 이미 다 큰 동물들을 위해 뭘 하는 것보다는 어린 동물들을 교육하는 것이 더 중요하다고 말했다. 때마침 건초를 수확한 뒤 제시와 블루벨이 튼튼한 강아지 아홉 마리를 낳았다. 강아지들이 젖을 떼자마자 나폴레옹은 자신이 교육을 책임지겠다며 어미로부터 새끼들을 데려갔다. 그는 마구실에서도 사다리를 타고 올라가야만 닿을 수 있는 다락방으로 강아지들을 데려가 격리했는데, 그래서 농장의 다른 동물들은 곧 그들의 존재를 잊고 말았다.

우유가 어디로 사라졌는지에 대한 수수께끼는 곧 풀렸다. 우유는 매일 돼지들의 먹이에 들어가고 있었다. 이제 풋사과가 익어가고 있었고 과수원 풀밭에는 바람에 떨어진 사과들이 뒹굴었다. 동물들은 당연히 사과를 공평하게 나눠 먹을 거라고 생각했지만, 어느 날 모든 낙과를 모아 돼지들이 먹을 수 있도록 마구실로 가지고 오라는 명령이 떨어졌다. 이에 몇몇 동물들이 투덜거렸지만 아무 소용이 없었다. 모든 돼지가 여기에 전적으로 동의했고, 심지어 스노볼과 나폴레옹도 마찬가지였다. 다른 동물들에게 필요한 설명을 하기 위해 스퀄러가 보내졌다.

"동지들!" 그가 외쳤다. "우리 돼지들이 이기심과 특권 의식이 있어 이런다고 생각하고 계시지는 않겠지요? 실제로 우리 중 상당수가 우유와 사과를 싫어합니다. 저도 싫어하고요. 우리가 이런 것들을 먹는 유일한 목적은 건강을 지키기 위해서입니다. 우유와 사과(이것은 과학으로 입증된 사실입니다, 동지 여러분)에는 돼지의 건강에 절대적으로 필요한 물질이 포함되어 있습니다. 우리 돼지는 두뇌 노동자지요. 이 농장 전체의 운영과 조직이 우리에게 달려 있습니다. 우리는 밤낮으로 여러분의 복지를 살피고 있어요. 우리가 우유를 마시고 사과를 먹는 것은 바로 **여러분**을 위해서입니다. 우리 돼지들이 의무를 다하지 못하면 어떤 일이 일어나는지 아십니까? 존스가 돌아올 겁니다! 그래요, 존스가 다시 온다고요! 틀림없습니다, 동지 여러분." 스퀼러는 거의 애원하듯 좌우로 뛰어다니고 꼬리를 털면서 소리쳤다. "분명 여러분 중에 존스가 돌아오기를 바라는 동물은 없겠죠?"

이제 동물들에게 단 한 가지 확실한 것이 있다면, 그건 누구도 존스가 돌아오는 걸 원치 않는다는 거였다. 스퀼러의 이런 설명에 동물들은 더 이상 할 말이 없었다. 돼지들의 건강을 유지하는 일이 중요하다는 건 너무나 명백했다. 그렇게 해서 더 이상의 논의 없이, 우유와 떨어진 사과(그리고 나중에 수확한 잘 익은 사과들까지)는 오직 돼지들만 먹도록 하자는 데 모두가 동의했다.

제4장

여름이 끝나갈 무렵이 되자 동물 농장에서 일어난 사건에 관한 소식은 카운티●의 절반 가까이 퍼져나갔다. 스노볼과 나폴레옹은 매일 비둘기들을 날려 보냈는데, 이웃 농장의 동물들과 교류하며 그들에게 반란 이야기를 들려주고 〈영국의 짐승들〉 노래를 가르치는 것이 비둘기들의 임무였다.

그즈음 존스 씨는 윌링던의 '레드 라이언'의 바 자리에 앉아 자신의 억울함을 들어주는 사람이라면 누구에게나 아무 짝에도 쓸모없는 동물 무리에게 쫓겨난 자신의 신세를 한탄

───────────

● 한 국가 내에서 특정한 지역적 구역을 나누는 단위로, 주로 영국, 아일랜드, 미국 등 영미권 국가에서 사용된다. 한국으로 비유하면 '도' 혹은 '군'과 유사한 개념으로 볼 수 있다.

하며 시간을 보내고 있었다. 다른 농부들도 큰 틀에서는 존스를 딱하게 여겼지만 처음에는 별다른 도움을 주지 않았다. 마음속으로 그들은 각자 존스의 불행을 어떻게 자신에게 유리하게 이용해먹을 수 있을까 은밀하게 궁리하는 중이었다. 동물 농장과 이웃한 두 농장 주인이 언제나 사이가 좋지 않다는 건 그나마 다행스러운 일이었다. 그중 하나는 '폭스우드'라는 농장이었는데 규모는 크지만 제대로 관리되지 않은 구식 농장으로, 숲이 무성하게 웃자랐고 목초지는 모두 황폐했으며 울타리는 보기 흉한 상태였다. 이 농장의 주인 필킹턴 씨는 계절에 따라 낚시나 사냥을 하며 대부분의 시간을 보내는 느긋한 신사 농부였다. '핀치필드'라 불리는 다른 농장은 더 작지만 잘 관리되는 곳이었다. 이 농장의 주인 프레더릭 씨는 거칠고 빈틈없는 사람으로, 끊임없이 소송에 휘말리고 흥정을 잘하는 것으로 유명했다. 이 두 사람은 서로를 너무나 싫어해서, 심지어는 자신의 이익을 지키는 일에서조차 그 어떤 합의에도 도달하는 법이 없었다.

그럼에도 두 사람은 동물 농장의 반란 소식에 완전히 겁에 질렸고, 자기네 동물들이 너무 많은 걸 알게 될까봐 몹시 전전긍긍했다. 처음에 그들은 동물들이 스스로 농장을 운영한다는 생각을 조롱하며 비웃는 척했다. 이 주 안에 모든 게 다 끝날 거라고 말하기도 했다. 그들은 '매너 농장'('동물 농장'이라는 이름을 용납할 수 없었기 때문에 그들은 계속해서 '매너 농장'이라고 부르기를 고집했다)의 동물들이 서로 끊임없이 싸울 뿐 아니라 빠르게 굶어 죽어가고 있다는 소문을 퍼뜨렸다. 시간이 흘러도 동물들이 굶어 죽지 않자 프레더릭과 필킹턴은 말을 바꾸어 동물 농장에서 벌어지고 있는 끔찍한 일들에 관해 이야기하기 시작했다. 거기 동물들은 서로 잡아먹고, 뜨겁게 달군 시뻘건 편자로 서로를 고문하며, 암컷들을 공동으로 소유한다고 했다. 프레더릭과 필킹턴은 이것이 자연의 법칙을 거슬러 반란을 일으킨 결과라고 말했다.

그러나 이런 이야기들은 좀처럼 받아들여지지 않았다. 인간을 내쫓고 동물들이 스스로 일을 처리하는 놀라운 농장에 관한 소식은 모호하고 왜곡된 형태로 계속 퍼져나갔고, 그해 내내 반란의 물결이 그 지방 일대를 휩쓸었다. 항상 순종적이던 황소들이 갑자기 사납게 변하고, 양들이 울타리를 부수고 토끼풀을 먹어치우는가 하면, 암소들이 우유 통을 걷어차고, 사냥 말들은 울타리 뛰어넘기를 거부한 채 올라탄 사람들을 반대쪽으로 내동댕이쳤다. 무엇보다 〈영국의 짐승들〉이 멜로디뿐만 아니라 가사까지 모든 곳에 알려졌다. 놀라운 전파속도였다. 이 노래를 들었을 때 인간들은 그저 괴상하다고 생각하는 척했지만 속으로는 분노를 참을 수 없었다. 그들은 아무리 동물이라 해도 어떻게 이토록 경멸스럽고 쓰레기 같은 노래를 부를 수 있는지 이해할 수 없다고 말했다. 어떤 동물이든 이 노래를 부르다가 적발되면 그 자리에서 채찍질을 당했다. 하지만 노래는 억누를 수 없었다. 지빠귀들은 울타리에서 노래를 지저귀고, 비둘기들은 느릅나무에서 구구 울며 노래를 불렀으며, 노랫소리는 대장간의 소음과 교회 종소리까지 흘러 들어갔다. 그리고 인간들은 이 노래에 귀를 기울이며, 그 속에서 자신들의 미래와 운명에 관한 예언을 발견하고는 남몰래 몸서리쳤다.

옥수수를 베어 쌓아놓고 일부는 이미 타작을 마친 10월 초, 비둘기 한 무리가 하늘을 빙빙 돌더니 몹시 흥분한 채로 동물 농장 마당에 내려앉았다. 존스와 그의 일꾼들이 폭스우드와 핀치필드에서 온 다른 여섯 명과 함께 다섯 개의 빗장이 달린 대문으로 들어와 농장으로 이어지는 마찻길을 따라 올라오고 있었기 때문이다. 그들은 모두 몽둥이를 쥐고 있었는데 존스만은 손에 총을 들고 앞장서고 있었다. 농장을 탈환하려는 것이 분명했다.

이것은 오래전부터 예상된 일이었고, 이미 만반의 준비가 갖춰진 상태였다. 스노볼은 농가에서 율리우스 카이사르의 전투를 다룬 오래된 책을 발견한 뒤 이를 연구해왔기 때문에 이번 방어 작전의 총지휘를 맡았다. 그는 신속하게 명령을 내렸고, 불과 몇 분 만에 모든 동물이 각자 맡은 위치에 배치되었다.

인간들이 농장 건물에 가까이 오자 스노볼은 첫 번째 공격을 시작했다. 서른다섯 마리나 되는 비둘기들이 이리저리 날아다니며 인간들의 머리 위로 똥을 갈겼고, 인간들이 이에 대처하는 동안 울타리 뒤에 숨어 있던 거위들이 달려 나와 그들의 종아리를 맹렬히 쪼아댔다. 그러나 이것은 약간의 혼란을 일으키기 위한 가벼운 전초전에 불과했기 때문에 인간들은 몽둥이를 휘둘러 거위들을 쉽게 쫓아냈다. 스노볼은 이제 두 번째 공격을 시작했다. 스노볼을 선두로 해서 뮤리얼과 벤저민, 그리고 모든 양이 앞으로 돌진해 인간들을 사방에서 찌르고 들이받았고, 그사이 벤저민은 뒤로 돌아 작은 발굽으로 그들을 걸어차기도 했다. 하지만 이번에도 몽둥이와 징 박은 부츠로 무장한 인간들은 너무 강했다. 스노볼이 돌연 후퇴 신호인 비명을 지르자 모든 동물이 일제히 몸을 돌려 문을 지나 마당으로 도망쳤다.

인간들은 승리의 함성을 질렀다. 그리고 자신들이 상상했던 대로 적이 도망치는 것을 보고 무질서하게 뒤쫓았다. 이것이야말로 스노볼이 의도한 부분이었다. 인간들이 마당 안으로 들어온 순간 외양간에 매복해 있던 말 세 마리와 암소 세 마리, 그리고 남은 돼지들이 갑자기 뒤쪽에서 나타나 퇴로를 차단했다. 이때 스노볼이 돌격 신호를 보냈다. 스노볼 자신이 먼저 존스를 향해 정면으로 돌진했다. 존스는 그가 달려드는 것을 보고 총을 들어 쏘았다. 총알들이 스노볼의 등을 스치며 핏자국을 남겼고 양 한 마리가 쓰러져 죽었다. 스노볼은 한순간도 멈추지 않고 15스톤•에 달하는 몸뚱이를 존스의 다리로 내던졌다. 존스는 배설물 더미에 내동댕이쳐졌고 손에서 놓친 총이 날아갔다. 그러나 가장 무서운 광경은 복서가 종마처럼 뒷다리를 들고 벌떡 일어나 철제 편자가 달린 커다란 발굽으로 공격하는 모습이었다. 그의 첫 번째 일격에 폭스우드의 마구간지기 소년이 머리를 맞고 진흙탕에 실신한 채 쓰러졌다. 그 광경을 본 몇몇 인간은 몽둥이를 던져버리고 도망치려 했다. 공포가 그들을 덮쳤고, 그러자 다음 순간 모든 동물이 다 같이 마당을 빙빙 돌며 그들을 쫓았다. 인간들은 들이받히고, 차이고, 물리고, 짓밟혔다. 농장 동물 중에 각기 나름의 방식으로 복수하지 않은 동물은 하나도 없었다. 심지어 고양이조차도 느닷없이 지붕에서 소몰이꾼 한 사람의 어깨 위로 뛰어내려 발톱으로 목을 할퀴었고, 그는 끔찍한 비명을 질러댔다. 한순간 퇴로가 열리자 인간들은 서둘러 마당을 빠

• 영국의 전통적인 무게 단위로, 오늘날에도 영국 및 일부 영연방 국가에서 사람의 체중을 측정할 때 사용된다. 1스톤은 약 6.35킬로그램이므로, 15스톤은 약 95킬로그램을 의미한다.

져나와 큰길까지 전속력으로 달아났다. 이렇게 해서 침공을 개시한 지 오 분 만에 인간들은 왔을 때와 똑같은 길을 따라 치욕스럽게 후퇴했고, 거위 떼가 끝까지 그들을 뒤쫓으며 계속해서 종아리를 쪼아댔다.

단 한 사람만 빼고는 모두가 도망쳤다. 마당으로 돌아온 복서는 진흙탕에 엎드려 있는 마구간지기 소년을 발굽으로 뒤집어보려 애쓰고 있었다. 소년은 꿈쩍도 하지 않았다.

"죽었어요." 복서가 슬프게 말했다. "그럴 의도는 전혀 없었는데. 철제 편자를 달고 있다는 걸 잊고 있었어요. 내가 일부러 그런 게 아니란 걸 누가 믿어줄까요?"

"감상에 빠지지 말아요, 동지!" 스노볼이 외쳤다. 그의 상처에서는 아직도 피가 흘러내리고 있었다. "전쟁은 전쟁일 뿐입니다. 좋은 인간은 죽은 인간뿐이에요."

"난 생명을 빼앗고 싶지 않습니다. 그게 인간의 생명이라 해도요." 복서는 눈물이 그렁그렁한 눈으로 반복해서 말했다.

"몰리는 어딨죠?" 누군가가 소리쳤다.

정말로 몰리가 사라졌다. 잠시 모두가 불안해했다. 동물들은 인간들이 몰리에게 어떤 식으로든 해를 입혔거나 심지어 끌고 가버렸을지도 모른다는 두려움에 휩싸였다. 그러나 결국 몰리는 마구간의 자기 자리에서 건초 사이에 머리를 파묻고 숨어 있다가 발견되었다. 총소리가 울리자마자 도망친 것이었다. 다른 동물들이 몰리를 찾다가 돌아왔을 때, 죽은 줄 알았지만 실은 기절했을 뿐이던 마구간지기 소년은 의식을 되찾고 이미 달아나 있었다.

이제 동물들은 흥분한 상태로 다시 모였다. 각자 크게 목소리를 높여 전투에서 세운 자신의 공적을 늘어놓았다. 즉석에서 곧바로 승전 축하 행사가 열렸다. 깃발이 게양되고 〈영국의 짐승들〉이 여러 번 불린 다음, 전사한 양을 위한 엄숙한 장례식이 치러지고 그 무덤에는 산사나무 한 그루가 심겼다. 무덤가에서 스노볼은 짧은 연설을 통해 모든 동물이 필요하다면 동물 농장을 위해 죽을 각오를 해야 한다고 강조했다.

동물들은 만장일치로 무공훈장인 '동물 영웅 일등 훈장'을 제정하기로 하고 그 자리에서 이를 스노볼과 복서에게 수여했다. 훈장은 놋쇠로 만든 메달(사실 마구실에서 찾아낸 오래된 놋쇠 장식이었다)이었고 일요일과 휴일에 착용하기로 했다. 또한 '동물 영웅 이등 훈장'도 있었는데, 이는 전사한 양에게 추서되었다.

이번 전투의 명칭을 두고는 상당한 논의가 있었다. 결국 매복이 전개된 곳이 외양간이었기 때문에 명칭은 '외양간 전투'로 정해졌다. 존스 씨의 총이 진흙탕에서 발견되었고, 농가에 탄약통이 여럿 있다는 사실도 알게 되었다. 이 총은 마치 대포처럼 깃대 밑에 세워두었다가 1년에 두 번, '외양간 전투'

기념일인 10월 12일과 '반란' 기념일인 하짓날에 한 번씩 발사하기로 했다.

제5장

   겨울이 다가오면서 몰리는 점점 더 골칫거리가 되어갔다. 그녀는 매일 아침 지각을 하고는 늦잠을 잤다고 변명했고, 왕성한 식욕을 보이면서도 알 수 없는 통증을 호소했다. 온갖 핑계를 대고 일터에서 빠져나와 물웅덩이로 가서는, 물속에 비친 자기 모습을 멍하니 바라보곤 했다. 하지만 더 심각한 문제가 있다는 소문도 돌았다. 어느 날 몰리가 긴 꼬리를 흔들면서 건초 한 줄기를 입에 물고 태평스럽게 마당을 거닐고 있을 때, 클로버가 그녀를 한쪽으로 데려갔다.

   "몰리, 너한테 아주 진지하게 할 말이 있어." 클로버가 말했다. "오늘 아침에 네가 동물 농장과 폭스우드를 가르는 울타리 너머를 바라보는 걸 봤어. 필킹턴 씨의 일꾼 하나가 울타리 반대편에 서 있었지. 멀리 떨어져 있긴 했지만, 난 분명히 봤어. 그 인간이 너에게 말을 걸고, 너는 그가 네 콧잔등을 쓰다듬을 수 있게 해주는 걸 말이야. 이게 대체 뭘 의미하는 거야, 몰리?"

"안 그랬어요! 나도 안 그랬고요! 사실이 아녜요!"몰리는 길길이 날뛰면서 땅바닥을 긁어댔다.

"몰리! 내 얼굴 똑바로 봐. 그 인간이 네 콧잔등을 쓰다듬은 게 아니라고 맹세할 수 있니?"

"사실이 아니에요!"몰리가 재차 말했지만, 그녀는 클로버의 얼굴을 똑바로 바라보지 못했고, 다음 순간 발길을 돌려 들판을 향해 빠르게 달아나버렸다.

어떤 생각이 클로버의 머리를 스쳐 지나갔다. 아무에게도 말하지 않고, 클로버는 몰리의 마구간 자리로 가서 발굽으로 짚 더미를 들춰보았다. 짚 더미 아래에는 작은 각설탕 덩어리와 여러 색깔로 된 리본 다발들이 숨겨져 있었다.

사흘 뒤 몰리가 사라졌다. 몇 주 동안 몰리의 행방은 묘연했는데, 이후 비둘기들이 윌링던 어딘가에서 그녀를 봤다고 보고했다. 어느 술집 바깥에 세워져 있는, 빨간색과 검은색으로 칠한 세련된 이륜마차의 끌채 사이에 몰리가 서 있었다는 것이다. 술집 주인처럼 보이는, 체크무늬 반바지와 각반 차림의 뚱뚱하고 얼굴이 불그스름한 남자가 그녀의 콧잔등을 쓰다듬으며 설탕을 먹여주고 있었다고 했다. 몰리는 털을 새로

깎았고 앞머리에 주홍색 리본을 달고 있었다. 비둘기들은 몰리가 즐거워하는 것처럼 보였다고 말했다. 보고 이후 누구도 다시는 몰리 이야기를 꺼내지 않았다.

1월이 되자 몹시 혹독한 추위가 찾아왔다. 땅은 쇳덩이 같았고 들판에서는 아무 일도 할 수 없었다. 큰 축사에서 많은 집회가 열렸고 돼지들은 다가올 계절에 해야 할 일을 계획하는 데 몰두했다. 다른 동물보다 명백하게 두뇌가 뛰어난 돼지들이 농장 경영에 관련된 모든 문제를 결정해야 한다는 데는 모두가 합의했지만, 그렇다 해도 돼지들의 결정은 다수결 투표에 의해 승인받아야만 했다. 스노볼과 나폴레옹 사이의 갈등만 아니었다면 이 합의는 그런대로 잘 작동했을 것이다. 이 두 마리 돼지는 의견이 다를 수 있는 모든 지점에서 서로 반대했다. 한쪽이 보리를 더 많이 심자고 제안하면 한쪽은 귀리를 더 많이 심어야 한다고 요구했고, 한쪽이 이러이러한 밭은 배추를 심기 적합하다고 하면 다른 쪽은 뿌리채소류 말고는 심어봤자 소용없다고 선언했다. 각자 자신의 추종자들이 있었고, 그래서 격렬한 논쟁이 벌어지기도 했다. 집회에서 스노볼은 탁월한 연설로 다수의 지지를 얻곤 했지만, 틈틈이 자신의 지지자를 모으는 데는 나폴레옹이 더 뛰어났다. 그는 특별히 양들을 자기편으로 만들었다. 최근 들어 양들은 "네발은 좋고, 두 발은 나쁘다"를 시도 때도 없이 외치곤 했는데, 이

소리로 집회를 방해하는 일이 잦았다. 특히 스노볼의 연설 중 결정적인 순간에 "네발은 좋고, 두 발은 나쁘다"를 연발하는 경향이 두드러졌다. 스노볼은 농가에서 발견한 《농부와 목축업자》라는 잡지의 몇몇 과월호를 면밀히 탐독한 끝에 혁신과 개혁에 관한 계획을 잔뜩 세웠다. 그는 농지 배수로, 건초 저장법, 기초 용재 등에 관해 해박하게 이야기했고, 거름 수레를 끄는 수고를 덜기 위해 모든 동물이 매일 다른 곳에서 직접 밭에 배변하도록 하는 복잡한 계획을 내놓았다. 나폴레옹은 자신만의 계획을 제시하지는 않았지만 스노볼의 계획은 무산될 거라고 조용히 말하며 자신의 때를 기다리는 것 같았다. 그러나 모든 논쟁 중에서도 풍차를 둘러싼 논쟁만큼 치열한 것은 없었다.

농장 건물에서 그리 멀지 않은 기다란 목초지에는 작은 언덕이 하나 있었는데, 그곳이 농장에서는 가장 높은 지점이었다. 현장을 살펴본 스노볼은 이곳이 바로 풍차를 짓기에 최적의 장소라면서, 풍차를 건설하면 발전기를 돌려 농장에 전력을 공급할 수 있을 거라고 했다. 이렇게 하면 겨울에 축사에 불을 켤 수 있고 난방도 가능하며, 원형 톱과 볏짚 절단기, 사료용 사탕무 절단기, 전기 착유기까지 작동할 수 있다는 거였다. 동물들은 여태껏 이런 종류의 기계에 대해 들어본 적이 없었으므로(워낙 구식 농장이라 가장 원시적인 기계들만 있었기 때문에), 들판에서 편안하게 풀을 뜯거나 독서와 대화로 내면을 가꾸는 동안 이 환상적인 기계들이 자신들 대신 일을 해주고 있을 거라는 스노볼의 생생한 설명을 놀라움 속에서 경청했다.

스노볼의 풍차 건설 계획은 불과 몇 주 만에 완성되었다. 기계적인 세부 사항은 대부분 존스 씨가 소장하고 있던 세 권의 책에서 나왔다. 《집에 관한 천 가지 비법》, 《당신도 집을 지을 수 있다》, 그리고 《초보자를 위한 전기학 입문》. 스노볼은 한때 인공 부화장으로 사용되던 헛간을 자신의 연구실로 삼았는데, 그곳에는 그림 그리기 좋은 매끄러운 나무 바닥이 깔려 있었다. 그는 한번 들어가면 몇 시간씩 거기 틀어박혀 그림을 그렸다. 책을 펼쳐 돌로 고정해두고, 분필 하나를 발가락 사이에 끼운 다음 빠르게 이리저리 움직이며 수많은 선을 그리다가 흥분한 듯 코를 킁킁거리곤 했다. 그의 설계도는 점차 크랭크와 톱니바퀴로 이뤄진 복잡한 덩어리로 커져서 마룻바닥의 절반 이상을 덮었고, 다른 동물들은 그것을 전혀 이해할 수 없었지만 깊은 인상을 받았다. 농장의 모든 동물이 적어도 하루에 한 번 이상은 스노볼의 그림을 구경하러 왔다. 심지어 암탉과 오리까지 찾아와 분필 자국을 밟지 않으려고 애썼다. 오직 나폴레옹만이 냉담했다. 그는 처음부터 풍차 건설에 반대한다고 선언했다. 그러나 어느 날, 그가 설계도를 살펴본다며 불쑥 찾아왔다. 그는 헛간 안을 육중하게 걸으며 돌아다니면서 설계도를 하나하나 자세히 살펴보고 한두 번 쿵쿵 냄새를 맡았다. 그러더니 잠시 서서 곁눈질로 한동안 바라보다가 갑자기 다리를 들어 설계도 위에 오줌을 내갈기고는 아무런 말도 없이 나가버렸다.

풍차 문제로 농장 전체는 완전히 갈라졌다. 스노볼은 풍차를 짓는 일이 어려울 거라는 점을 부인하지 않았다. 돌을 운반해서 외벽을 쌓아야 하고, 풍차 날개를 만들어야 하며, 그 다음에는 발전기와 전선이 필요했다. (스노볼은 이것들을 어떻게 조달할지에 대해서는 말하지 않았다.) 하지만 그는 이 모든 것을 1년 안에 끝낼 수 있다고 주장했다. 그리고 그 이후에는 엄청난 노동력을 절약할 수 있어 동물들이 일주일에 사흘만 일하면 될 거라고 했다. 반면에 나폴레옹은 지금 가장 시급한 것은 식량 생산을 늘리는 일이며, 풍차 건설에 시간을 낭비하면 우리 모두 굶어 죽게 될 거라고 주장했다. 동물들은 "스노볼과 주 삼일 노동에 한 표를"과 "나폴레옹과 가득한 여물통에 한 표를"이라는 슬로건 아래 두 파로 나뉘었다. 벤저민만이 어느 진영에도 속하지 않은 유일한 동물이었다. 그는 식량이 더 풍족해질 거라는 주장도, 풍차가 일손을 덜어줄 거라는 주장도 믿지 않았다. 풍차가 있든 없든, 삶은 늘 그래왔던 것처럼 똑같이 고달플 거라고 그는 말했다.

풍차를 둘러싼 분쟁과는 별개로, 농장 방어에 관한 문제도 있었다. 비록 '외양간 전투'에서는 패배했지만, 인간들이 농장을 탈환하고 존스 씨를 복귀시키기 위해 지난번보다 더 단호한 공격을 시도할 수 있다는 점은 충분히 예상할 수 있는 일이었다. 인간들의 패배 소식이 지방 전역에 퍼지는 바람에 이웃 농장들의 동물들이 그 어느 때보다도 다루기 힘들어졌기 때문에, 그들로서는 더욱더 그럴 만한 이유가 있었다. 여느 때와 마찬가지로 스노볼과 나폴레옹은 의견이 달랐다. 나폴레옹에 따르면, 동물들이 해야 할 일은 총기를 구해 총기 사용법을 훈련하는 것이었다. 스노볼에 따르면, 지금보다 더 많은 비둘기를 보내 다른 농장에서도 반란이 일어나게끔 해야 한다는 것이었다. 한쪽은 스스로 방어하지 못하면 정복당할 수밖에 없다고 주장했고, 다른 쪽은 모든 곳에서 반란이 일어나면 스스로를 방어할 필요 자체가 없다고 주장했다. 동물들은 처음에는 나폴레옹의 말에 귀를 기울였지만 그다음에는 스노볼의 말에 귀를 기울였고, 어느 쪽 말이 맞는지 마음을 정할 수 없었다. 사실상 그들은 언제나 그 순간에 말하고 있는 동물에게 동의할 뿐이었다.

마침내 스노볼의 계획이 완성되는 날이 찾아왔다. 돌아오는 일요일 집회에서는 풍차 건설을 시작할지 여부가 투표에 부쳐질 예정이었다. 동물들이 축사에 모이자 스노볼이 일어나서, 이번에도 이따금 양들의 방해를 받아가며 풍차 건설이 필요한 이유를 설명했다. 그러자 나폴레옹이 응수하기 위해 일어섰다. 그는 아주 조용하게 풍차는 말도 안 되며 아무도 거기 투표하지 말라고 하고는 곧바로 다시 앉았다. 그는 겨우 삼십 초밖에 말하지 않았고, 자신의 발언이 어떤 영향을 미칠지에 대해서는 거의 무관심해 보였다. 이 말을 들은 스노볼은 벌떡 일어나 다시 매매거리기 시작한 양들에게 조용히 하라고 외친 뒤 풍차 건설을 지지해달라고 뜨겁게 호소하기 시작했다. 그때까지 동물들의 마음은 거의 엇비슷하게 나뉘어 있었지만, 스노볼의 열변이 한순간 그들을 사로잡았다. 그는 동물들의 등에서 지긋지긋한 노동의 짐이 벗겨진 농장의 모습을 빛나는 문장들로 그려냈다. 그의 상상력은 이미 볏짚 절단기나 사탕무 절단기를 아득히 뛰어넘은 것이었다. 그는 전기가 모든 축사에 전등과 냉온수, 전기난로를 공급할 수 있을 뿐만 아니라 탈곡기, 쟁기, 써레, 롤러, 수확기와 건초 결속기를 작동시킬 수 있다고 말했다. 그의 연설이 끝나자 투표 결과가 어느 쪽으로 기울지는 의심의 여지가 없었다. 그런데 바로 그 순간, 나폴레옹이 자리에서 일어나 특유의 곁눈질로 스노볼을 노려보더니 지금까지 한 번도 들어보지 못한 높고 날카로운 소리를 내질렀다.

이때 밖에서 무시무시한 짖는 소리가 들리더니 놋쇠 장식이 달린 목줄을 찬 커다란 개 아홉 마리가 축사로 달려 들어왔다. 개들은 곧장 스노볼에게 달려들었고, 스노볼은 재빨리 자리에서 튀어 올라 개들의 날카로운 턱을 피해 도망쳤다. 순식간에 스노볼은 축사 밖으로 나갔지만 개들은 계속 그를 쫓아갔다. 너무 놀라고 겁에 질려 아무 말도 할 수 없었던 다른 모든 동물은 문 쪽으로 몰려가 이 추격전을 지켜보았다. 스노볼은 큰길로 이어지는 기다란 목초지를 가로질러 달리고 있었다. 그는 돼지가 낼 수 있는 최대한의 속도로 뛰었지만, 개들이 그의 뒤를 바짝 추격해왔다. 갑자기 그가 미끄러지자 다 잡힌 것이 분명해 보였다. 하지만 그 순간 그는 다시 일어나 더 빨리 달렸고, 그러자 개들도 다시 따라붙기 시작했다. 개들 중 한 마리가 스노볼의 꼬리를 거의 무는가 싶었는데, 스노볼이 제때 꼬리를 흔들어 위기를 모면했다. 그러고는 마지막 스퍼트를 내서 개들과 불과 몇 센티미터 차이로 울타리 구멍으로 미끄러져 들어가더니 더는 보이지 않았다.

겁에 질린 동물들은 침묵 속에서 다시 축사로 들어왔다. 개들도 순식간에 다시 돌아왔다. 처음에는 누구도 이들이 어디서 왔는지 짐작할 수 없었지만 곧 의문이 풀렸다. 이들은 과거 나폴레옹이 어미로부터 떼어내 몰래 키우던 강아지들이었다. 아직 다 자라지 않았음에도 늑대처럼 사납게 생긴 데다가 크기도 거대했다. 그들은 나폴레옹의 곁을 가까이에서 지켰는데, 다른 개들이 존스 씨에게 했던 것처럼 똑같이 나폴레옹에게 꼬리를 흔드는 것이 눈에 띄었다.

이제 나폴레옹은 그를 따르는 개들과 함께 한때 메이저가 연설했던 높은 단상으로 올라갔다. 그는 지금부터 일요일 아침에 열리던 집회는 폐지한다고 발표했다. 그는 그것이 불필요할뿐더러 시간 낭비라고 말하면서, 앞으로 농장 운영과 관련된 모든 문제는 자신이 직접 주재하는 돼지들의 특별위원회에서 결정될 것이라고 했다. 특별위원회는 비공개로 열리며 결정 사항은 이후 다른 동물에게 통보될 것이라고도 했다. 동물들은 여전히 일요일 아침에 모여 깃발에 경례를 하고 〈영국의 짐승들〉을 부른 다음 한 주간 해야 할 일을 할당받겠지만, 더 이상 토론은 없다는 거였다.

스노볼의 축출이 가져다준 충격에도 불구하고, 동물들은 이 발표에 당황했다. 제대로 반박할 말을 찾을 수만 있었다면 몇몇은 항의했을 것이다. 복서조차도 막연히 마음이 불편했다. 그는 귀를 뒤로 젖히고 몇 번이나 앞머리를 흔들며 생각을 정리하려고 애써보았지만, 결국은 아무 말도 떠올릴 수 없었다. 하지만 몇몇 돼지는 좀 더 똑 부러지게 의견을 표시했다. 맨 앞줄에 앉아 있던 어린 식용 돼지 네 마리가 동의할 수 없다는 뜻으로 날카롭게 꽥 소리를 지르더니 일어나서 한꺼번에 말하기 시작했다. 그러자 나폴레옹 주위에 앉아 있던 개들이 갑자기 위협적으로 낮게 으르렁거렸고, 돼지들은 조용해져서 다시 자리에 앉았다. 뒤이어 양들이 엄청난 소리로 "네발은 좋고, 두 발은 나쁘다!"를 거의 십오 분 동안이나 외치는 바람에 더 이상의 토론은 진행되지 못했다.

나중에 스퀼러가 농장을 한 바퀴 돌며 이 새로운 조치에 대해 다른 동물들에게 설명했다.

"동지 여러분, 저는 여기 있는 모든 동물이 이 가욋일을 맡겠다고 나선 나폴레옹 동지의 희생정신에 감사한다고 믿습니다. 동지 여러분, 리더가 된다는 건 즐거운 일이 아니에요! 오히려 정반대로 깊고 막중한 책임을 지는 일이죠. 모든 동물이 평등하다는 걸 나폴레옹 동지보다 더 확고하게 믿는 동물은 없을 겁니다. 나폴레옹 동지는 여러분이 스스로 결정을 내리는 걸 누구보다 기뻐할 동물이에요. 하지만 때로 동지들이 잘못된 결정을 내릴 수도 있고, 그러면 우리는 어떻게 되겠습니까? 여러분이 스노볼과 그 황당무계한 풍차 계획을 따르기로 했다고 해보자고요. 이제 우리가 잘 알다시피, 스노볼은 틀림없는 범죄자 아닙니까?"

"그는 외양간 전투에서 용감하게 싸웠어요." 누군가 말했다.

"용감한 것만으로는 충분치가 않죠." 스퀼러가 말했다. "충성과 복종이 더 중요합니다. 그리고 외양간 전투에서 스노볼의 활약은 아주 과장된 면이 있다는 걸 다들 곧 알게 될 겁니다. 규율입니다, 동지 여러분, 강철 같은 규율! 이것이야말로 오늘 우리의 표어입니다. 만약 우리가 한 걸음만 잘못 내디디면, 적이 우리를 덮칠 거라고요. 동무들, 정녕 존스가 돌아오는 걸 바라는 건 아니지요?"

이번 논쟁 역시 아무도 반박할 수가 없었다. 분명 동물들은 존스가 돌아오는 것을 원치 않았다. 일요일 아침의 토론이 존스를 다시 불러오게 한다면, 토론을 중단하는 것이 마땅했다. 이제 충분히 생각한 복서는 이렇게 전반적인 감정을 표현했다. "나폴레옹 동지가 그렇게 말한다면, 그건 옳은 거죠." 그리고 그때부터 복서는 "내가 더 열심히 일하자"라는 이전 좌우명에 "나폴레옹은 언제나 옳다"라는 새 좌우명을 추가했다.

이 무렵 날씨가 풀리고 봄 쟁기질이 시작됐다. 스노볼이 풍차 건설 계획을 세웠던 헛간은 폐쇄되었고, 다들 바닥에 그렸던 설계도 역시 지워졌을 거라고 생각했다. 매주 일요일 아침 10시에 동물들은 큰 축사에 모여 한 주간 해야 할 일을 할당받았다. 이제 살점이 깨끗이 사라진 메이저 영감의 두개골을 과수원 무덤에서 파내 깃대 밑동에 총과 함께 안치해두었다. 깃발을 게양하고 나면 동물들은 축사로 들어가기 전에 경건한 자세로 두개골 앞을 줄지어 지나가야 했다. 이제 동물들은 예전처럼 함께 모여 앉지 않았다. 나폴레옹과 스퀼러, 그리고 노래와 시를 짓는 데 뛰어난 재능을 지닌 미니머스라는 이름의 또 다른 돼지가 높은 연단 맨 앞쪽에 앉았고, 젊은 개 아홉 마리가 그들 주위를 반원형으로 둘러쌌으며, 다른 돼지들이 그 뒤에 앉았다. 나머지 동물들은 축사 가운데 바닥에서 이들을 마주 보고 앉았다. 나폴레옹은 딱딱한 군대식으로 한 주 동안의 명령을 낭독했고, 모든 동물은 〈영국의 짐승들〉을 한 번 부른 다음 해산했다.

스노볼이 쫓겨난 후 세 번째로 맞는 일요일, 동물들은 어찌 되었든 풍차를 짓겠다는 나폴레옹의 발표에 깜짝 놀랐다. 그는 마음을 바꾼 이유는 밝히지도 않고, 단지 동물들에게 이 추가 작업은 매우 힘든 일이 될 것이며, 심지어는 식량 배급량을 줄여야 할 수도 있다고 경고했다. 계획은 마지막 세부 사항까지 모두 준비되어 있었다. 돼지 특별위원회가 지난 삼 주 동안 계속해서 여기에 매달려온 덕분이었다. 풍차 건설은 다른 여러 개선 사업을 포함해 2년 정도가 걸릴 예정이었다.

그날 저녁 스퀼러는 다른 동물들에게 실은 나폴레옹이 결코 풍차를 반대한 적이 없다고 은밀하게 털어놓았다. 오히려 처음에 풍차를 주장한 사람은 나폴레옹이었으며, 스노볼이 부화장 바닥에 그려놓은 설계도는 사실 나폴레옹의 서류에서 훔쳐 온 거라는 얘기였다. 풍차는 실제로 나폴레옹이 직접 고안한 거라고 했다. 그렇다면 왜 그렇게 강력하게 반대한 거냐고 누군가가 물었다. 그러자 스퀼러는 아주 교활한 표정을 지으며 말했다. 바로 그게 나폴레옹 동지의 묘략이죠. 아주

위험한 인물이자 나쁜 영향력을 끼치고 있던 스노볼을 제거하기 위한 묘책으로 나폴레옹이 풍차를 반대하는 '척'했다는 것이었다. 이제 스노볼이 사라졌으니 계획은 어떤 방해도 없이 진행될 거라고 설명하면서, 스퀄러는 이게 바로 전술이라고 말했다. "전술입니다, 동지들, 전술!" 그는 즐겁게 웃으며 깡충깡충 뛰고 꼬리를 털기도 하면서 이 말을 여러 번 반복했다. 동물들은 그 단어가 무슨 뜻인지 잘 몰랐지만, 스퀄러가 워낙 설득력 있게 말을 한 데다 마침 그 자리에 함께 있던 개 세 마리가 위협적으로 으르렁거리는 바람에 더 이상 아무 질문도 하지 못하고 그의 설명을 받아들였다.

제6장

그해 내내 동물들은 노예처럼 일했다. 하지만 그들은 일을 하며 행복했다. 자신들이 하는 모든 일이 자신들과 그다음에 올 후손들을 위한 것이지 게으르고 도둑질이나 하는 인간들을 위한 것이 아니라는 사실을 잘 알고 있었기 때문에 어떤 노동이나 희생도 마다하지 않았다.

봄여름 내내 동물들은 주당 육십 시간씩 일했고, 8월이 되자 나폴레옹은 일요일 오후에도 작업을 할 거라고 발표했다. 이 작업은 전적으로 자발적인 것이었지만, 참여하지 않는 동물은 배급량이 절반으로 줄었다. 그럼에도 어떤 일들은 완수하지 못하고 남겨두어야 했다. 수확은 지난해에 비해 다소 줄었고, 초여름에 뿌리채소류의 씨앗을 뿌려야 했을 두 밭에는 쟁기질을 제때 마치지 못해 아무것도 심지 못했다. 다가올 겨울이 고달프리라는 건 충분히 예상할 수 있었다.

풍차 건설은 예상치 못한 어려움을 겪었다. 농장에는 훌륭한 석회암 채석장이 있었고, 별채 중 한 곳에서 많은 양의 모래와 시멘트가 발견되어 공사에 필요한 모든 재료가 갖춰진 상태였다. 그러나 처음에 동물들이 해결하지 못한 것은 이 돌을 어떻게 적당한 크기로 쪼갤 것인가 하는 문제였다. 곡괭이와 쇠 지렛대를 쓰는 방법밖에는 없었는데, 어떤 동물도 뒷발로 설 수는 없었기 때문에 불가능했다. 몇 주 동안의 헛수고 끝에 누군가가 그럴듯한 아이디어를 생각해냈다. 즉 중력을 이용하자는 것이었다. 채석장 바닥에는 그대로 사용하기에는 너무 큰 돌들이 여기저기 널브러져 있었다. 동물들은 그 돌에 밧줄을 묶은 다음 암소와 말, 양을 비롯해 밧줄을 잡을 수 있는 모든 동물(심지어 결정적인 순간에는 이따금 돼지들까지)을 동원해서 죽을힘을 다해 천천히 비탈길을 따라 채석장 꼭대기까지 끌고 올라갔다. 꼭대기에서 밀면 돌은 아래로 굴러떨어져 산산조각이 났다. 일단 잘게 부서진 돌을 운반하는 일은 비교적 간단했다. 말들은 짐수레에 돌을 실어 날랐고, 양들은 돌을 한 개씩 끌어서 옮겼으며, 뮤리얼과 벤저민까지 낡은 수레를 끌며 자신의 몫을 다했다. 늦여름이 되자 충분한 양의 돌이 쌓였고, 돼지들의 감독 아래 공사가 시작되었다.

하지만 이것은 더디고 힘든 과정이었다. 고작 돌덩이 하나를 채석장 꼭대기까지 끌어 올리는 데 하루 종일 온 힘을 쏟아야 할 때가 많았고, 돌을 아래로 떨어뜨렸는데 깨지지 않는 경우도 종종 있었다. 복서가 없었다면 아무 일도 해낼 수 없었을 것이다. 그의 힘은 다른 모든 동물의 힘을 합친 것에 맞먹었다. 돌덩이가 미끄러지기 시작하고 동물들이 비탈길 아래로 끌려가면서 절망에 빠져 울부짖을 때, 몸에 감은 밧줄을 버텨 바위를 멈추게 하는 것은 언제나 복서였다. 복서가 비탈길을 힘겹게 조금씩 올라가는 모습, 가빠지는 숨소리와 땅을 할퀴듯 움켜쥐는 발굽 끝, 땀으로 범벅이 된 거대한 옆구리를 보며 동물들은 모두 경탄할 수밖에 없었다. 가끔 클로버는 너무 무리하지 말라고 충고했지만, 복서는 그녀의 말을 들으려 하지 않았다. "내가 더 열심히 일하자"와 "나폴레옹은 언제나 옳다"라는 두 가지 좌우명은 그에게 모든 문제에 대한 충분한 해답처럼 보였다. 그는 수탉에게 이제 아침마다 삼십 분이 아니라 사십오 분 일찍 깨워달라고 부탁했다. 그리고 요즘에는 시간도 잘 나지 않았지만, 틈이 날 때마다 혼자 채석장에 가서 깨진 돌들을 모아 누구의 도움도 받지 않고 공사장까지 끌고 가곤 했다.

노동은 고됐지만, 그해 여름 내내 동물들의 생활은 그런대로 나쁘지 않았다. 존스 시대보다 식량이 더 풍족하지는 않았지만, 적어도 더 적지는 않았다. 사치스러운 인간 다섯 명을 부양할 필요 없이 동물들만 먹으면 된다는 이점이 너무 커서, 웬만한 실패로는 더 나빠지기 어려웠다. 또한 여러 가지 면에서 동물들의 방식이 더 효율적이고 수고도 아낄 수 있었다. 예를 들어 잡초 제거 같은 일은 인간들이 아예 불가능할 정도로 철저하게 할 수 있었다. 게다가 이제 도둑질하는 동물이 없으니 목장과 경작지 사이에 울타리를 칠 필요가 없었고, 따라서 울타리와 문을 유지하고 관리하는 데 드는 상당한 노동력 역시 절약 가능했다. 그러나 여름이 지나면서 예상치 못한 여러 가지 부족 현상도 생겨났다. 파라핀 오일, 못, 끈, 개 먹이용 비스킷, 편자로 쓸 쇠가 필요했지만 이 중 어떤 것도 농장에서 만들어낼 수 없었다. 얼마 후면 씨앗과 인공 비료는 물론이고 각종 연장과 풍차에 사용할 기계도 필요해질 것이었다. 이것들을 어떻게 조달해야 할지 누구도 알지 못했다.

어느 일요일 아침, 동물들이 작업 명령을 받기 위해 모인 자리에서 나폴레옹은 새로운 정책을 결정했다고 발표했다. 이제부터 동물 농장은 이웃 농장과 거래를 할 것인데, 이는 물론 상업적 목적이 아니라 긴급하게 필요한 물자를 얻기 위해서이며, 풍차에 필요한 물자는 다른 어떤 것보다 우선시되어야 한다고 말했다. 따라서 건초 한 더미와 올해 수확한 밀 일부를 팔기로 계획 중이고, 만약 나중에 돈이 더 필요해지면 달걀을 팔아서(윌링던에는 항상 시장이 있기 때문에) 보충하겠다는 것이었다. 나폴레옹은 암탉들이 이러한 희생을 풍차 건설에 대한 특별한 기여로 생각하고 기꺼이 받아들여야 한다고 말했다.

동물들은 다시 한번 막연한 불안감을 느꼈다. 절대 인간과 거래하지 않을 것, 절대 장사하지 않을 것, 절대 돈을 만지지 말 것. 이것들이야말로 존스를 쫓아낸 뒤 첫 번째 승리의 집회에서 가장 먼저 결의한 내용이 아니었던가? 동물들은 모두 이런 결의안을 통과시켰다는 것을 기억하고 있거나 적어도 기억하고 있다고 생각했다. 나폴레옹이 집회를 폐지했을 때 항의했던 어린 돼지 네 마리가 소심하게 목소리를 높였지만, 개들이 무섭게 으르렁거리자 곧바로 입을 다물었다. 그러자 여느 때처럼 양들이 "네발은 좋고, 두 발은 나쁘다!"를 외치기 시작했고 순간의 어색함은 이내 사라지고 말았다. 이윽고 나폴레옹이 앞발을 들어 조용히 하라는 몸짓을 한 뒤 자기가 이미 모든 준비를 마쳤다고 말했다. 동물이 인간과 접촉하는 일은 없을 것이며, 이는 분명 가장 바람직하지 못한 일이다, 따라서 이 일은 온전히 자신이 짊어지겠다는 것이었다. 윌링던에 사는 사무 변호사 휨퍼 씨가 동물 농장과 바깥 세계 사이의 중재자 역할을 하기로 했고, 월요일 아침마다 농장을 방문해 자신의 지시를 받게 될 예정이라고 말했다. 나폴레옹은 평소 하던 대로 "동물 농장 만세!"라고 외치며 연설을 끝냈고,

동물들은 〈영국의 짐승들〉을 부른 뒤 해산했다.

그 후 스퀼러는 농장을 한 바퀴 돌며 동물들의 마음을 진정시켰다. 그는 동물들에게, 인간들과 거래하지 않는다거나 돈을 사용하지 않는다는 결의안은 통과된 적도, 아니 심지어 제안된 적조차 없다고 장담했다. 그것은 순전한 공상이며 아마도 처음에 스노볼이 유포한 거짓말 때문에 생겨났을 거라는 얘기였다. 몇몇 동물은 여전히 희미하게 의심을 품었지만, 스퀼러가 그들에게 날카롭게 물었다. "그게 꿈이 아닌 게 확실합니까, 동지 여러분? 그런 결의안에 관한 기록이 있어요? 어디에라도 적혀 있습니까?" 그와 관련된 어떤 형태의 기록도 없다는 것은 분명한 사실이었기 때문에 동물들은 자신들이 잘못 알고 있었다는 것에 안심했다.

예정대로 월요일마다 휨퍼 씨가 농장에 방문했다. 그는 구레나룻을 기른 교활해 보이는 자그마한 사내였는데, 사무 변호사로서의 사업 규모는 아주 영세했지만 동물 농장에 브로커가 필요하고 그 수수료가 꽤 짭짤한 거라는 점을 미리 간파할 정도로 예리했다. 동물들은 두려움 속에서 그가 오가는 모습을 지켜보았고, 최대한 그를 피해 다녔다. 하지만 네발로 다니는 나폴레옹이 두 발로 선 휨퍼에게 명령을 내리는 모습을 보고 자부심이 생겨났고, 나폴레옹이 내세운 새로운 정책에도 어느 정도 동의하게 되었다. 이제 동물과 인간의 관계는 이전과 많이 달라졌다. 인간들은 동물 농장이 번영하고 있다고 해서 그곳을 덜 미워하는 게 아니었고, 오히려 그 어느 때보다도 증오하고 있었다. 모든 인간이 동물 농장은 조만간 파산할 것이고, 무엇보다 풍차 건설이 실패할 거라는 사실을 믿어 의심치 않았다. 그들은 술집에 모여 앉아 풍차가 무너질 수밖에 없으며, 설혹 세워진다고 하더라도 절대 작동하지 못할 거라고 그림까지 그려가면서 서로에게 증명해 보였다. 하지만 그러면서도 동물들이 자신들의 문제를 효율적으로 처리해나간다는 점에 관해서는 비록 내키지 않더라도 어느 정도 인정하는 마음을 품을 수밖에 없었다. 인간들이 그 농장을 더 이상 '매너 농장'이라고 부르지 않고 '동물 농장'이라고 부르기 시작했다는 것은 그런 징후의 하나로 볼 수 있었다. 또한 그들은 농장을 되찾겠다는 희망을 포기하고 카운티의 다른 지역으로 떠나버린 존스를 더 이상 옹호하지 않았다. 휨퍼를 통한 거래를 제외하고 아직 동물 농장과 바깥 세계 사이의 접촉은 없었지만, 나폴레옹이 폭스우드 농장의 필킹턴 씨나 핀치필드 농장의 프레더릭 씨 중 한 명과 확실한 사업 계약을 체결할 것이라는 소문은 끊이지 않았다. 그러나 결코 두 사람과 동시에 거래하는 일은 없을 거라고 했다.

돼지들이 갑자기 농가로 들어와 거기서 지내게 된 것은 이즈음이었다. 또다시 동물들은 초기에 이를 금지하는 결의안이 통과된 것을 떠올린 듯했고, 이번에도 스퀼러가 나서서 그렇지 않다고 동물들을 설득했다. 그는 농장의 두뇌 역할을 하는 돼지들에게는 조용히 일할 수 있는 공간이 절대적으로 필요하다고 말했다. 게다가 돼지우리보다는 집에서 사는 것이 지도자(최근 들어 그는 나폴레옹을 '지도자'라고 불렀다)의 품격에도 더 걸맞은 일이라고도 했다. 그럼에도 몇몇 동물은 돼지들이 부엌에서 식사를 하고 거실을 휴게실로 사용할 뿐 아니라 침대에서 잠을 잔다는 소식을 듣고 동요했다. 복서는 여느 때처럼 '나폴레옹은 언제나 옳다'는 생각으로 넘어갔지만, 침대 사용을 금지한 규칙을 명확히 기억한다고 생각한 클로버는 축사 끝 벽으로 가서 거기 새겨진 일곱 계명을 확인하려고 했다. 하지만 그녀가 읽을 수 있는 것은 개별 알파벳뿐이었기 때문에 뮤리얼을 데려왔다.

"뮤리얼, 네 번째 계명을 읽어줘." 그녀가 말했다. "절대로 침대에서 자서는 안 된다고 쓰여 있지 않니?"

뮤리얼이 어렵사리 글자를 읽어나갔다.

"'어떤 동물도 시트를 깐 침대에서 자서는 안 된다'고 적혀 있어." 뮤리얼이 마침내 말했다.

클로버가 제4계명에 '시트'가 언급되어 있다는 것을 기억하지 못한다니 이상했지만, 벽에는 분명 그렇게 쓰여 있었고, 그러므로 틀림없는 일이었다. 마침 이때 개 두세 마리와 함께 지나가던 스퀼러가 이 문제를 제대로 파악할 수 있게 도와주었다.

"동지 여러분, 요즘 우리 돼지들이 농가의 침대에서 잔다는 이야기를 들었겠지요? 그렇게 하면 안 될 이유라도 있습니까? 설마 침대 사용을 금지한 법이 있었다고 생각한 건 아니겠죠? 침대는 그저 잠자는 장소일 뿐입니다. 외양간에 있는 짚 더미도 엄밀히 말하자면 침대예요. 우리의 계명은 인간들의 발명품인 시트를 금지하는 것입니다. 우리 돼지들은 농가 침대의 시트들을 제거하고 이불 속에서 자고 있습니다. 그것도 정말 편안한 침대더군요! 하지만 동지들, 분명히 말할 수 있는 건 요즘 우리가 하는 모든 두뇌 활동에 필요한 만큼 충분히 편안하지는 않다는 겁니다. 우리의 휴식을 빼앗으려고 하는 건 아니겠지요, 동지들? 우리가 너무 피곤해서 해야 할 일을 제대로 하지 못하게 하려는 것도 아니겠죠? 정녕 존스가 돌아오는 걸 바라는 게 아닌 거 맞죠?"

동물들은 즉시 그런 게 아니라며 그를 안심시켰고, 돼지들이 농가의 침대에서 자는 것에 대해 더 이상 아무 말도 하지 않았다. 그리고 며칠 후, 이제부터 돼지들은 아침에 다른 동물보다 한 시간 늦게 일어나겠다는 발표가 있었을 때도 아무런 불평이 없었다.

가을이 다가왔을 때 동물들은 지치긴 했으나 행복했다. 그들은 힘든 한 해를 보냈고 건초와 곡물 일부를 파는 바람에 겨울 식량도 넉넉지 못했지만, 풍차가 모든 것을 보상해주었기 때문이다. 이제 풍차는 거의 절반쯤 지어졌다. 추수가 끝난 후 맑고 건조한 날씨가 이어졌고, 동물들은 풍차 벽을 한 뼘이라도 높일 수 있다면 하루 종일 돌덩이를 들고 오가는 일도 충분한 보람이 있다고 생각하며 그 어느 때보다 더 열심히 일했다. 복서는 밤에도 나와서 가을 달빛 아래 한두 시간 동안 혼자 일하곤 했다. 잠시 틈이 나면 동물들은 반쯤 완성된 풍차 주위를 돌아보며 수직으로 선 벽의 튼튼함에 감탄했고, 자신들이 어떻게 이렇게 위풍당당한 건물을 지을 수 있었을까 놀라워했다. 오직 벤저민 영감만이 풍차에 열광하지 않았고, 늘 하던 것처럼 당나귀는 오래 산다는 수수께끼 같은 말 빼고는 아무 말도 하지 않았다.

11월이 되자 남서풍이 거세게 불었다. 시멘트를 섞기에 날씨가 너무 습했기 때문에 공사를 중단할 수밖에 없었다. 그러다가 어느 날 밤 강풍이 너무 심해 농장 건물들이 바닥부터 흔들리고 축사 지붕의 타일이 몇 장 날아가버렸다. 암탉들은 멀리서 총소리가 들리는 꿈을 동시에 꾸는 바람에 공포에 질려 꽥꽥거리며 잠에서 깼다. 아침이 되어 동물들이 우리에서 나와보니 깃대가 바람에 쓰러지고 과수원 아래 있던 느릅나무 한 그루가 무처럼 뽑혀 있었다. 그때 뭔가를 보고 모든 동물의 목구멍에서 절망 섞인 울음이 터져 나왔다. 끔찍한 광경이 그들 눈에 들어왔다. 풍차가 폐허로 변해 있었다.

동물들은 한마음으로 현장을 향해 달려갔다. 좀처럼 뛰지 않는 나폴레옹이 가장 앞서 달렸다. 정말로 풍차가 무너져 있었다. 그들의 모든 투쟁의 열매가, 바닥까지 내려앉은 채, 힘들게 깨뜨리고 옮겼던 돌들과 함께 산산이 부서져 사방에 흩어져 있었다. 그저 말문이 막힌 채로, 동물들은 떨어진 돌무더기를 애처로운 눈으로 바라보고 서 있었다. 나폴레옹은 침묵 속에서 이리저리 걸어 다니며 이따금 땅에 코를 대고 킁킁거렸다. 꼬리가 굳어지고 좌우로 날카롭게 경련을 일으켰는데, 그건 그가 격렬한 정신 활동을 하고 있다는 신호였다. 갑자기 그는 결심한 듯 걸음을 멈췄다.

"동지들." 그가 조용히 말했다. "누가 이런 짓을 저질렀는지 아십니까? 밤중에 와서 우리 풍차를 무너뜨린 적이 누구인지를요? **바로 스노볼입니다!**" 갑자기 그가 천둥 같은 목소리로 소리쳤다. "이건 스노볼의 짓입니다! 이 반역자는 오로지 악의에 찬 마음으로 우리의 계획을 망치기 위해서, 그리고 자신이 당한 부끄러운 추방에 앙갚음하기 위해서 밤에 몰래 숨어 들어와 우리가 1년 가까이 땀 흘린 작업을 파괴한 것입니다. 동지 여러분, 나는 지금 이 자리에서 스노볼에게 사형을 선고합니다. 누구든 그자를 처단하는 동물에게는 '동물 영웅 이등 훈장'과 사과 반 부셸을 주겠습니다. 생포한다면 한 부셸을 다 줄 것이고요!"

동물들은 스노볼마저 이런 짓을 할 수 있다는 사실에 이루 말할 수 없는 충격을 받았다. 분노의 외침이 터져 나왔고, 모든 동물이 만약 스노볼이 돌아온다면 어떻게 그를 잡을 수 있을지 고민하기 시작했다. 거의 동시에 언덕과 조금 떨어진 풀밭에서 돼지 발자국이 발견되었다. 흔적은 겨우 몇 미터만 나 있었지만, 방향은 울타리 구멍 쪽인 것 같았다. 나폴레옹은 발자국을 자세히 살펴본 뒤 이를 스노볼의 것이라고 판명했다. 그는 스노볼이 십중팔구 폭스우드 농장 쪽에서 왔을 거라고 했다.

"더 이상 지체해서는 안 됩니다, 동지들!" 발자국 조사를 마친 나폴레옹이 외쳤다. "해야 할 일이 있습니다. 바로 오늘 아침부터 우리는 풍차를 재건할 것입니다. 그리고 비가 오나 눈이 오나 겨울 내내 공사를 계속할 겁니다. 이 끔찍한 반역자에게, 우리가 하는 일을 그렇게 쉽게 망칠 수 없다는 것을 가르쳐줍시다. 동지 여러분, 기억하십시오. 우리 계획에 변동은 없습니다. 완성의 그날은 반드시 올 겁니다. 동지들이여, 전진합시다! 풍차 만세! 동물 농장 만세!"

제7장

혹독한 겨울이었다. 바람이 세차게 몰아치다가 진눈깨비와 눈이 쏟아졌고, 다시 된서리가 내려 2월이 지날 때까지 풀리지 않았다. 동물들은 풍차 재건 작업에 온 힘을 쏟았다. 그들은 바깥세상이 자신들을 지켜보고 있고, 풍차 공사가 제때 끝나지 않으면 시기심에 불타는 인간들만 신나서 기뻐할 거라는 사실을 잘 알고 있었다.

악의에 찬 인간들은 풍차를 부순 것이 스노볼이라는 사실을 믿지 않는 척하면서 풍차의 벽이 너무 얇아서 무너졌다고 말했다. 동물들은 그게 아니란 걸 알고 있었다. 하지만 이번에는 전처럼 45센티미터 두께가 아닌 90센티미터 두께로 벽을 쌓기로 했고, 이는 훨씬 더 많은 돌을 모아야 한다는 뜻이었다. 채석장은 오랫동안 눈 더미로 덮여 있어서 아무 작업도 할 수 없었다. 잠시 건조하고 차가운 날씨가 이어졌을 때 어느 정도 진전이 있었지만, 일은 가혹할 정도로 힘들었고 동물들은 이전처럼 희망을 느낄 수 없었다. 그들은 항상 추웠고 늘 배고팠다. 오직 복서와 클로버만이 낙심하지 않았다. 스퀄러가 봉사의 기쁨과 노동의 존엄에 대해 탁월한 연설을 했지만, 다른 동물들은 그것보다 복서의 힘과 "내가 더 열심히 일하자!"라는 변치 않는 외침에 더 큰 감동을 받았다.

1월이 되자 식량이 부족해졌다. 곡물 배급량이 대폭 줄었고, 이를 보충하기 위해 감자 배급이 추가로 이뤄질 거라는 발표가 있었다. 그런데 수확한 감자 더미를 제대로 덮어두지 않은 나머지 감자 대부분이 얼어버렸다. 감자는 물렁물렁해지고 색이 변해서 먹을 수 있는 건 고작 몇 개뿐이었다. 동물들은 며칠 동안 왕겨와 사탕무 말고는 아무것도 먹지 못할 때도 있었다. 굶주림이 그들의 얼굴을 빤히 쳐다보고 있는 것 같았다.

이런 사실을 바깥세상에 들키지 않는 게 절대적으로 중요했다. 풍차 붕괴에 힘을 얻은 인간들이 동물 농장에 관한 새로운 거짓말들을 만들어내고 있었다. 모든 동물이 굶주림과 질병으로 죽어가고 있으며, 동물끼리 끊임없이 싸우면서 서로 잡아먹고 새끼들을 죽인다는 헛소문이 또다시 퍼져나갔다. 나폴레옹은 실제 식량 사정이 외부에 알려지면 어떤 나쁜 결과가 초래될지 잘 알고 있었기 때문에 휨퍼 씨를 이용해 정반대의 소문을 퍼뜨리기로 결심했다. 지금까지 동물들은 매주 방문하는 휨퍼와 거의 혹은 전혀 접촉하지 않았지만, 이제는 선발된 몇몇 동물이(주로 양들이었다) 그가 듣는 자리에서 자연스럽게 식량 배급이 늘었다는 사실을 언급하도록 지시받았다. 또 나폴레옹은 곳간의 거의 텅 비어 있는 저장 통에 모래를 가득 채우고 그 위를 곡식과 굵은 밀가루로 덮으라고 명령했다. 그러고는 적절한 구실을 만들어 휨퍼를 곳간으로 데려가서 저장 통을 슬쩍 보게 했다. 휨퍼 씨는 속아 넘어갔고, 동물 농장에는 식량이 부족하지 않다고 바깥 세계에 계속해서 알렸다.

그렇지만 1월이 끝나갈 무렵이 되자 어딘가에서 곡물을 더 구해 와야 한다는 사실이 분명해졌다. 그즈음 나폴레옹은 동물들 앞에 거의 모습을 드러내지 않았고, 사나워 보이는 개들이 문마다 지키고 있는 농가에만 틀어박혀 있었다. 그가 집밖으로 나올 때는 마치 무슨 의식을 치르는 것 같았다. 개 여섯 마리가 그에게 바짝 붙어서 호위했고 누가 너무 가까이 다가오면 으르렁거렸다. 나폴레옹은 심지어 일요일 아침에도 나타나지 않는 경우가 잦았고, 다른 돼지, 주로 스퀄러를 통해 명령을 전달했다.

어느 일요일 아침, 스퀄러는 알을 낳으러 닭장에 막 들어온 암탉들에게 달걀을 모두 내놓아야 한다고 말했다. 나폴레옹이 휨퍼를 통해 주당 달걀 사백 개를 공급하는 계약을 체결한 것이다. 여름이 되어 상황이 나아지기 전까지는 이 돈으로 곡물과 밀가루를 구입해 농장을 운영하겠다는 계획이었다.

이 소식을 들은 암탉들은 크게 소리를 지르며 반기를 들었다. 이전에 이런 희생이 필요할 수도 있다는 경고를 듣긴 했지만, 정말로 자신들에게 이런 일이 일어날 거라고는 믿지 않았었다. 그들은 이제 막 병아리를 맞이하기 위해 알을 품을 준비를 하고 있었는데, 지금 달걀을 빼앗는 건 살생 행위라고 항의했다. 존스가 쫓겨난 이후 처음으로 반란 비슷한 일이 벌어졌다. 검정 미노르카종 젊은 암탉 세 마리가 이끄는 암탉 무리는 나폴레옹의 계획을 저지하기 위해 단호하게 행동했다. 그들은 서까래 위로 날아가 거기서 알을 낳음으로써 달걀이 바닥으로 떨어져 깨지게 하는 방법을 택했다. 나폴레옹은 신속하고 무자비하게 대응했다. 그는 암탉들에게 식량 배급을 중단하라고 명령했고, 누구든 암탉에게 옥수수 한 알이라도 주는 동물은 사형에 처한다고 선언했다. 개들은 이 명령이 제대로 시행되는지 감시했다. 암탉들은 닷새 동안 버텼지만, 끝내 항복하고 닭장으로 돌아갔다. 그사이 암탉 아홉 마리가 죽었다. 죽은 닭들은 과수원에 묻혔고, 사인은 콕시디아증•이라고 발표되었다. 휨퍼는 이 사건에 관해 전혀 알지 못했고, 달걀은 계획대로 인도되었다. 식료품점의 짐마차가 일주일에 한 번씩 농장에 와서 달걀들을 가져갔다.

그러는 동안 스노볼의 모습은 더 이상 눈에 띄지 않았다. 그가 이웃 농장들인 폭스우드나 핀치필드 중 하나에 숨어 지낸다는 소문이 돌았다. 이 무렵 나폴레옹은 이웃 농장의 주인들과 전보다 다소 나은 관계를 유지하고 있었다. 마침 마당에는 10년 전 너도밤나무 숲을 베어낼 때 생긴 목재 더미가 쌓여 있었다. 목재는 잘 건조되어 있었고, 휨퍼가 나폴레옹에게 그것을 팔라고 조언하던 중이었다. 필킹턴 씨와 프레더릭 씨 모두 그걸 사고 싶어 했다. 나폴레옹은 둘 사이에서 망설이며 쉽게 결정을 내리지 못했다. 그가 프레더릭과 거의 합의에 도달하려고 하면 스노볼이 폭스우드에 숨어 있다는 소리가 들렸고, 필킹턴 쪽으로 기울면 스노볼이 핀치필드에 있다는 소문이 돌았다.

이른 봄 어느 날 갑자기 놀라운 사실이 밝혀졌다. 스노볼이 밤마다 몰래 농장에 드나들고 있다는 거였다! 동물들은 너무 불안해서 도무지 우리에서 잠을 잘 수 없었다. 소문에 따르면 스노볼은 매일 밤 어둠을 틈타 기어들어 와서는 온갖 만행을

● 새, 소, 돼지, 양, 개 등에 원생동물 포자충의 기생으로 생기는 전염병의 총칭. '콕시듐증', 혹은 '포자충병'이라고도 한다.

저지르고 다닌다고 했다. 옥수수를 훔치고, 우유 통을 뒤엎고, 달걀을 깨뜨리고, 모판을 짓밟고, 과일나무 껍질을 물어뜯었다. 무엇이든 잘못되면 스노볼 탓으로 돌리는 것이 일상이 되었다. 창문이 깨지거나 하수구가 막히면 누군가 분명 스노볼이 밤에 들어와서 그랬다고 말했다. 곳간 열쇠가 사라졌을 때도 온 농장은 스노볼이 열쇠를 우물에 던져 넣었을 거라고 확신했다. 참 이상한 일이지만, 나중에 잃어버린 줄 알았던 열쇠가 곡물 자루 아래서 발견된 후에도 동물들은 계속 그렇게 믿었다. 암소들은 스노볼이 외양간으로 기어들어 와서 자고 있는 자신들의 젖을 짜 갔다고 이구동성으로 주장했다. 그해 겨울 말썽을 부렸던 쥐들이 실은 스노볼과 한패라는 소문이 돌기도 했다.

나폴레옹은 스노볼의 행위를 전면적으로 조사하라고 지시했다. 그는 개들과 함께 농장 건물들을 꼼꼼히 둘러보았고, 다른 동물들은 정중하게 일정한 거리를 두고 그 뒤를 따랐다. 나폴레옹은 몇 걸음마다 멈춰 서서 땅을 킁킁거리며 자신이 스노볼의 발자국 흔적을 냄새로 알아낼 수 있다고 말했다. 그가 축사, 외양간, 닭장, 채소밭 할 것 없이 농장 온 구석을 돌아다니며 냄새를 맡아본 결과 스노볼의 흔적은 거의 모든 곳에서 발견됐다. 그는 주둥이를 땅에 대고 몇 번이나 깊숙이 냄새를 들이마시며 무시무시한 목소리로 외쳤다. "스노볼! 그

놈이 여기 있었어! 냄새가 확연히 느껴져!"개들은 '스노볼'이라는 이름이 들리자 피가 얼어붙는 것처럼 소름 끼치는 소리를 내며 날카로운 옆 이빨을 드러냈다.

동물들은 완전히 겁에 질려 있었다. 마치 스노볼이 보이지 않는 유령처럼 허공을 떠다니며 온갖 위험으로 그들을 위협하고 있는 것만 같았다. 저녁이 되자 스퀼러가 동물들을 불러 모아놓고 놀란 표정을 지으며 심각한 소식을 전해야겠다고 말했다.

"동지들!"스퀼러는 초조하게 깡충깡충 뛰어다니며 소리쳤다. "아주아주 끔찍한 사실이 밝혀졌습니다. 스노볼이 핀치필드 농장의 프레더릭에게 매수되었답니다! 지금도 우리를 공격해서 농장을 빼앗으려 하는 그 작자에게요! 공격이 시작되면 스노볼은 그의 안내자 노릇을 할 겁니다. 하지만 더 끔찍한 소식이 있어요. 이제까지 우리는 스노볼의 반란이 단지 허영심과 야망 때문이라고 생각했었죠. 그렇지만 우리가 틀렸습니다, 동지 여러분. 진짜 이유가 뭔지 아세요? 맨 처음부터 스노볼은 존스와 한통속이었다고요! 줄곧 존스의 첩자였단 말입니다. 이 모든 게 스노볼이 도망가면서 남긴 문서들에 다 나와 있습니다. 우리가 지금 막 발견한 것들에요. 제 생각에 이건 많은 걸 설명해줍니다, 동지들. 다행스럽게도 실패로 돌아갔지만, 외양간 전투에서 스노볼이 우리를 어떻게 패배시키고 파멸시키려 했는지 이제 좀 보이지 않습니까?"

동물들은 어안이 벙벙했다. 이건 스노볼이 풍차를 파괴한 것보다 훨씬 더 사악한 짓이었다. 하지만 동물들이 이를 완전히 받아들이기까지는 약간의 시간이 필요했다. 그들은 모두 외양간 전투에서 스노볼이 앞장서 돌진하던 모습, 고비마다 자신들을 결집하고 용기를 주었던 일, 존스의 총에 맞아 등에 상처를 입었음에도 단 한 순간도 멈추지 않았던 것…… 등을 기억하거나 기억하고 있다고 생각했다. 처음에는 이런 장면들이 스노볼이 존스의 편이라는 사실에 어떻게 들어맞을 수 있는지 좀처럼 이해하기 어려웠다. 질문을 거의 하지 않는 복서조차도 의아할 지경이었다. 그는 앞발을 괴고 앉아서 눈을 감은 채 생각을 정리해보려고 안간힘을 썼다.

"난 믿을 수 없어요." 복서가 말했다. "스노볼은 외양간 전투에서 용감하게 싸웠어요. 내가 직접 봤다고요. 전투가 끝난 직후에 우리가 그에게 '동물 영웅 일등 훈장'을 주지 않았나요?"

"그건 우리의 실수였습니다, 동지. 우리가 찾아낸 비밀문서에 적힌 것처럼 실제로는 그가 우리를 파멸시키려고 했다는 걸 이제야 알았으니까요."

"하지만 그는 다쳤잖아요." 복서가 말했다. "우리가 다 봤어요. 스노볼이 피를 흘리면서 돌진하는 것을요."

"그것도 다 계획의 일부였어!" 스퀼러가 소리쳤다. "존스의 총은 그를 스쳤을 뿐이란 말입니다. 동지들이 읽을 수만 있다면 그가 직접 쓴 문서를 보여줄 수도 있어요. 결정적인 순간에 후퇴 신호를 보내고 적에게 농장을 넘겨주는 게 스노볼의 음모였다고요. 거의 성공할 뻔했죠. 우리의 영웅적인 지도자인 나폴레옹 동지가 없었다면 진짜 성공했을 거라고 나는 감히 말할 수 있습니다. 존스와 일꾼들이 마당에 들어왔을 때 스노볼이 갑자기 몸을 돌려 달아났고, 많은 동물이 뒤따라 도망쳤던 걸 기억 못 하나요? 그러고 나서 대혼란이 일어나고 모든 게 끝난 것처럼 보였던 바로 그때 나폴레옹 동지가 '인간에게 죽음을!'이라고 외치며 앞으로 뛰어나와 존스의 다리에 이빨을 박아 넣었던 걸 기억하지 않습니까? 동지 여러분, 다들 **그걸** 기억하죠?" 스퀼러가 좌우로 깡충거리며 외쳤다.

스퀼러가 장면을 아주 생생하게 묘사한 덕분에 동물들도 기억이 나는 것 같았다. 어찌 됐든 그들은 전투에서 결정적인 순간에 스노볼이 몸을 돌려 달아났다는 사실을 기억했다. 하지만 복서는 여전히 마음이 불편했다.

"나는 스노볼이 처음부터 배신자였다고 생각하지 않아요." 마침내 복서가 말했다. "이후에는 달라졌는지 모르지만, 적어도 외양간 전투에서 그는 좋은 동지였어요."

"우리의 지도자 나폴레옹 동지께서는." 스퀼러는 아주 느리지만 단호하게 말했다. "스노볼이 맨 처음부터, 그렇습니다,

반란을 생각조차 하지 못했던 때부터 존스의 첩자였다고 명확히 말씀하셨습니다. 명확하게요, 동지."

"아, 그렇다면 얘기가 달라지죠!" 복서가 말했다. "나폴레옹 동지가 말했다면, 그건 틀림없이 옳으니까요."

"훌륭한 정신이에요, 동지!" 스퀼러가 외쳤지만, 반짝이는 작은 눈으로 복서를 몹시 험악하게 쳐다보는 것이 눈에 띄었다. 그는 돌아서서 가려다가 잠시 멈춘 다음, 의미심장한 말을 남겼다. "이 농장에 있는 모든 동물에게 경고하는데요, 다들 눈을 아주 크게 뜨고 있으세요. 지금 이 순간에도 우리 사이에 스노볼의 첩자들이 숨어 있다고 생각할 만한 충분한 이유가 있으니까요!"

나흘 뒤 늦은 오후, 나폴레옹은 모든 동물에게 마당에 모이라고 명령했다. 동물들이 모두 모이자 나폴레옹은 자신의 훈장 두 개를 모두 달고(최근에 그는 스스로 '동물 영웅 일등 훈장'과 '동물 영웅 이등 훈장'을 수여했다) 농가 쪽에서 나타났다. 커다란 아홉 마리 개가 그의 주위를 둘러싼 채 뛰고 으르렁거리면서 모든 동물의 등골을 서늘하게 만들었다. 동물들은 마치 어떤 끔찍한 일이 일어나리라는 걸 미리 알고 있는 것처럼 제자리에서 조용히 움츠리고 있었다.

나폴레옹은 엄숙하게 서서 동물들을 훑어보다가 날카로운 소리를 내질렀다. 즉시 개들이 앞으로 달려 나와 돼지 네 마

리의 귀를 물고 공포와 고통으로 비명을 지르는 그들을 나폴
레옹의 발 앞까지 끌고 갔다. 돼지들의 귀에서는 피가 흘렀
고, 피를 맛본 개들은 잠깐 완전히 정신이 나간 것처럼 보였
다. 그중 세 마리가 복서에게 달려들었을 때는 모두가 경악했
다. 복서는 그들이 덤벼드는 걸 보고 커다란 발굽을 내밀어
그중 한 마리를 공중에서 낚아채 땅바닥에 눌러버렸다. 그 개
는 살려달라고 비명을 질렀고 나머지 둘은 다리 사이로 꼬리
를 내리고 도망쳤다. 복서는 그 개를 깔아뭉개 죽여야 할지,
그냥 보내줘야 할지 알려달라는 듯 나폴레옹을 쳐다보았다.
나폴레옹은 잠시 안색이 달라지는 듯하더니 복서에게 개를
놓아주라고 준엄하게 명령했다. 복서가 발굽을 들어 올리자
개는 타박상을 입은 채로 울부짖으며 도망쳤다.

소란은 그제야 잠잠해졌다. 네 마리 돼지는 얼굴에 죄목이
조목조목 적혀 있기라도 한 것처럼 몸을 덜덜 떨면서 기다렸
다. 이제 나폴레옹은 그들에게 죄를 자백하라고 다그쳤다. 그
들은 나폴레옹이 일요일 집회를 폐지했을 때 항의했던 바로
그 네 마리 돼지였다. 더 이상 추궁하기도 전에 스노볼이 추
방된 이후 그와 몰래 연락을 주고받았고, 풍차를 파괴하는 데
협조했으며, 프레더릭 씨에게 동물 농장을 넘겨주기로 합의
했다고 털어놓았다. 또한 그들은 스노볼이 과거 수년 동안 존
스의 첩자였다는 사실을 은밀하게 인정했다고 덧붙였다. 자

백이 끝나자 개들이 즉시 돼지들의 목을 물어뜯었고, 나폴레옹은 무시무시한 목소리로 다른 동물들에게도 자백할 것이 없냐고 따져 물었다.

달걀 문제로 반란을 일으킨 주동자였던 암탉 세 마리가 앞으로 나와 스노볼이 꿈에 나타나 나폴레옹의 명령에 따르지 말라는 선동을 했다고 진술했다. 그들 역시 처형되었다. 그러자 거위 한 마리가 나와서 작년 수확 때 옥수수 이삭 여섯 개를 훔쳐다가 밤에 몰래 먹었다고 자백했다. 그다음에는 양 한 마리가 스노볼의 강요 때문에 식수로 사용하는 물웅덩이에 오줌을 누었다고 자백했고, 다른 양 두 마리는 나폴레옹의 열렬한 추종자였던 늙은 숫양이 기침으로 고생할 때 모닥불 주위로 그를 빙글빙글 쫓아다니며 죽였다고 자백했다. 그들은 모두 한자리에서 죽임을 당했다. 자백과 처형은 그런 식으로 계속되었고, 나폴레옹의 발 앞에는 사체 더미가 쌓였다. 존스의 추방 이후 공기 중에 피비린내가 그토록 진동한 것은 처음 있는 일이었다.

모든 것이 끝나자 돼지와 개를 제외한 나머지 동물들은 한 덩어리가 되어 슬금슬금 빠져나갔다. 그들은 큰 충격을 받았고 비참한 기분이었다. 스노볼과 내통한 동물들의 배신과 방금 목격한 잔인한 보복 중에서 뭐가 더 충격적인지 알 수 없었다. 옛날에도 이에 못지않게 끔찍한 살육들이 있었지만, 지금은 그들 사이에서 일어나는 일이라서인지 훨씬 더 끔찍하게 느껴졌다. 존스가 농장을 떠난 이후 지금까지 어떤 동물도 다른 동물을 죽이지 않았다. 쥐 한 마리조차도 죽임을 당하지 않았다. 그들은 반쯤 짓다 만 풍차가 서 있는 작은 언덕으로 가서 따스한 온기를 얻기 위해 함께 웅크리듯 한마음으로 엎드렸다. 클로버, 뮤리얼, 벤저민, 암소들, 양들, 그리고 모든 거위들과 암탉들…… 사실상 나폴레옹이 동물들에게 모이라고 명령하기 직전 갑자기 사라진 고양이를 제외하고는 모두가 모인 셈이었다. 한동안 아무도 말을 하지 않았다. 오직 복서만이 홀로 서 있었다. 그는 안절부절못하고 이리저리 움직이면서 검은 꼬리로 양 옆구리를 때리다가 이따금 놀란 듯 우는 소리를 냈다. 마침내 그가 입을 열었다.

"이해가 안 돼요. 우리 농장에서 이런 일이 일어나다니 믿을 수가 없다고요. 이건 우리에게 뭔가 잘못이 있기 때문일 거예요. 내가 볼 때, 해결책은 더 열심히 일하는 것뿐이에요. 이제부터는 내가 아침에 한 시간 더 일찍 일어날게요."

그러고서 복서는 채석장을 향해 육중한 걸음을 옮겼다. 도착한 이후에는 연달아 돌 두 무더기를 모아 밤이 될 때까지 풍차 공사장까지 나르고 나서야 마구간으로 돌아갔다.

동물들은 말없이 클로버 주위로 모여들었다. 그들이 엎드려 있는 언덕에서는 일대의 시골 풍경이 한눈에 내려다보였다. 동물 농장 대부분이 시야에 들어왔다. 큰길로 이어지는 목초지, 건초 밭, 덤불숲, 식수용 물웅덩이, 어린 이삭이 푸르게 살지고 있는 밀밭, 굴뚝에서 연기가 피어오르는 농장 건물의 붉은 지붕…… 맑은 봄날의 저녁이었다. 잔디와 파릇하게 돋아나는 울타리가 햇살을 받아 황금빛으로 물들어 있었다. 여태껏 동물들에게 농장이 이토록 근사한 장소로 보였던 적은 없었다. 이 농장, 그 모든 구석구석이 자신들의 소유라는 사실을 떠올리자 새삼 놀라웠다. 언덕 아래를 내려다보던 클로버의 눈에 눈물이 차올랐다. 만약 자기 생각을 제대로 표현할 수만 있었다면, 그녀는 수년 전 인간들을 타도하기 위해 일을 벌였을 때 그들이 목표했던 것은 이런 게 아니었다고 말했을 것이다. 이런 공포와 학살의 장면들은 메이저 영감이 처음 반란을 선동했던 밤에 그들이 기대했던 것이 아니었다. 그녀의 머릿속에 그렸던 미래가 있다면 그건 굶주림과 채찍으로부터 자유로워진 동물들이 모두 평등하게 각자의 능력에 따라 일하며, 그녀가 그날 밤 앞발로 길 잃은 새끼 오리떼를 보호해주었던 것처럼 강자가 약자를 보호해주는 동물들의 사회였다. 하지만 대신(그녀는 그 이유를 몰랐다) 찾아온 것은 감히 누구도 자기 생각을 말할 수 없고, 사나운 개들이 사방에서 으르렁거리며 돌아다니고, 충격적인 범죄를 고백한 동지들이 갈기갈기 찢겨 죽는 것을 지켜봐야 하는 시대였다.

그녀가 반란이나 불복종을 생각하는 것은 결코 아니었다. 상황이 아무리 이렇다 하더라도 존스 시절보다는 그래도 지금이 훨씬 나으며, 무엇보다 인간들이 돌아오지 못하게 해야 한다는 것을 그녀도 잘 알고 있었다. 무슨 일이 있어도 그녀는 충성을 다하고 열심히 일하고 주어진 명령을 수행하면서, 동시에 나폴레옹의 리더십을 받아들일 거였다. 그러나 여전히 그녀와 다른 모든 동물이 꿈꾸고 땀 흘렸던 것은 이런 것 때문이 아니었다. 풍차를 건설하고 존스의 총알에 맞선 것도 이런 것 때문이 아니었다. 비록 표현할 말을 찾지는 못했지만, 그녀의 생각은 그랬다.

마침내 그녀는, 이 노래가 자신이 찾지 못한 말들을 대신할 수도 있을 것 같다는 생각에 〈영국의 짐승들〉을 부르기 시작했다. 그녀 주위에 앉아 있던 다른 동물들도 그 노래를 따라 불렀고, 그들은 몹시 아름다운 선율을 음미하며 느리고 애절하게 이 곡을 세 번 반복해서 노래했다. 전에는 한 번도 불러 본 적 없는 방식이었다.

세 번째 노래를 막 마쳤을 때 스퀄러가 개 두 마리와 함께 뭔가 중요한 할 말이 있는 듯한 표정으로 다가왔다. 그는 나폴레옹 동지의 특별 명령에 따라 〈영국의 짐승들〉은 폐지되었다고 발표했다. 이제부터 그 노래를 부르는 것은 금지되었다는 말이었다.

동물들은 깜짝 놀랐다.

"왜요?" 뮤리얼이 소리쳤다.

"더 이상 필요하지 않으니까요, 동지." 스퀼러가 뻣뻣하게 말했다. "〈영국의 짐승들〉은 반란의 노래였습니다. 하지만 이제 반란은 끝났잖아요. 오늘 오후 반역자들을 처형한 것을 마지막으로요. 외부의 적과 내부의 적을 모두 격퇴한 셈이죠. 〈영국의 짐승들〉에서 우리는 다가올 더 나은 세상에 대한 갈망을 표현했습니다. 그러나 그 세상이 이미 이루어졌어요. 따라서 그 노래는 명백하게 이제 더 이상 의미가 없단 말입니다."

비록 겁을 먹고는 있었지만, 몇몇 동물은 항의하고 싶은 마음이었다. 그러나 그 순간 양들이 평소 하던 대로 "네발은 좋고, 두 발은 나쁘다"를 몇 분 동안이나 외친 탓에 토론은 끝나 버리고 말았다.

그렇게 〈영국의 짐승들〉은 더 이상 들을 수 없게 되었다. 그 대신 시 쓰는 돼지 미니머스가 다른 노래를 하나 만들었는데, 그 시작은 이랬다.

동물 농장, 동물 농장,
그대 나를 따르면 결코 해를 입지 않으리!

일요일 아침마다 깃발을 게양한 후 이 노래를 불렀다. 하지만 어찌 된 일인지 동물들 생각에 가사와 멜로디 모두 〈영국의 짐승들〉만큼 마음에 와닿지는 않는 것 같았다.

제8장

　며칠 후, 처형으로 인한 공포가 가라앉았을 무렵 몇몇 동물
이 일곱 계명 중 제6계명이 "어떤 동물도 다른 동물을 죽여서
는 안 된다"라는 것을 기억하거나 기억한다고 생각했다. 그리
고 돼지나 개들이 듣는 자리에서는 누구도 말을 꺼내지 않았
지만, 그간 벌어진 살육 행위들은 이 계명에 어긋난다고 느꼈
다. 클로버는 벤저민에게 제6계명을 읽어달라고 부탁했는데,
언제나 그렇듯 벤저민이 이런 문제에 끼어들고 싶지 않다고
말하자 클로버는 뮤리얼을 데려왔다. 뮤리얼이 그녀에게 계
명을 읽어주었다. 거기에는 "어떤 동물도 **이유 없이** 다른 동물
을 죽여서는 안 된다"라고 적혀 있었다. 어떻게 된 일인지 '이
유 없이'라는 두 단어는 동물들의 기억에서 사라져 있었다.
하지만 이제 동물들은 계명을 어긴 게 아니라는 사실을 알게

되었다. 스노볼과 내통한 반역자들은 죽여야 할 충분한 이유가 있는 게 분명했기 때문이다.

그해 내내 동물들은 지난해 일했던 것보다도 더 열심히 일했다. 이전보다 두 배나 더 두꺼운 벽을 쌓아 정해진 날짜까지 풍차를 재건하면서, 동시에 늘 하는 농장 일까지 해낸다는 것은 엄청난 노동이었다. 동물들은 존스 시절보다 더 오랜 시간 일하면서도 오히려 먹는 것은 나아진 게 없다고 느낄 때가 많았다. 일요일 아침이면 스퀄러가 앞발로 기다란 종이 두루마리를 들고나와 각종 식량 생산량이 200퍼센트, 300퍼센트, 혹은 경우에 따라 500퍼센트 증가했다는 것을 증명하는 숫자 통계를 큰 소리로 읽었다. 동물들은 그의 말을 믿지 않을 이유가 없었다. 그들은 이제 반란 이전의 상황이 어땠는지 아주 정확하게 기억할 수 없었기 때문이다. 그래도 동물들은 숫자 대신 먹을 것이나 더 많으면 좋겠다고 느끼는 날이 많았다.

이제 모든 명령은 스퀄러나 다른 돼지들을 통해 내려졌다. 나폴레옹 자신은 두 주에 한 번 정도밖에 공개적으로 모습을 드러내지 않았다. 그가 나타날 때는 수행하는 개들뿐 아니라 앞에서 행진하며 일종의 나팔수 역할을 하는 검은 수탉도 함께했는데, 나폴레옹이 연설하기 전에 큰 소리로 "꼬끼오 꼬꼬" 하면서 울어댔다. 들리는 말에 따르면 나폴레옹은 농가에

서도 다른 돼지들과 방을 따로 쓴다고 했다. 개 두 마리의 시
중을 받으며 혼자 식사를 하고, 언제나 거실 유리 찬장에 있
는 크라운 더비 식기 세트•에 음식을 담아 먹는다는 것이었
다. 게다가 기존의 다른 두 기념일에 더해 매년 나폴레옹의
생일에도 축포를 쏘겠다는 발표도 있었다.

나폴레옹은 이제 단순히 '나폴레옹'으로 불리지 않았다. 그
는 언제나 '우리의 지도자, 나폴레옹 동지'라는 공식적인 칭
호로 불렸으며, 그 밖에도 돼지들은 '모든 동물의 아버지', '인
류의 공포', '양 떼의 수호자', '오리들의 친구' 같은 새로운 칭
호를 만들어내는 걸 즐겼다. 스퀼러는 연설할 때마다 두 뺨
을 타고 흐르는 눈물을 쏟으며 나폴레옹의 지혜와 선한 마음,
모든 동물에 대한 그의 깊은 사랑, 특별히 다른 농장에서 여
전히 무지와 노예 상태를 벗어나지 못한 채 살아가는 불행한
동물들에 대한 나폴레옹의 애정을 역설했다. 무엇이든 성공
적인 업적을 이루거나 운 좋게 풀리는 순간에는 나폴레옹에

• 원문의 'Crown Derby dinner service'는 영국의 고급 도자기 브랜드인 '로열 크
라운 더비(Royal Crown Derby)'에서 만든 접시, 그릇, 컵, 소서 및 기타 식기 세
트를 의미한다. 이 회사는 18세기 중반 잉글랜드 더비에서 설립되었으며 화려
한 디자인과 섬세한 장식으로 유명한데, 1890년 왕실에 식기를 공급하면서 '로
열'이라는 명칭이 추가되었다. 즉 이 표현은 단순한 식기가 아니라 돼지들이 모
든 동물의 평등이라는 이상을 배반하고 특권층이 되어가는 모습을 풍자하는 디
테일이라 볼 수 있다.

게 공을 돌리는 것이 일상이 되었다. 암탉 한 마리가 다른 암탉에게 "우리의 지도자 나폴레옹 동지의 영도 아래 엿새 만에 알을 다섯 개나 낳았어요"라고 말하거나, 웅덩이에서 물을 마시던 암소 두 마리가 "나폴레옹 동지의 영도력 덕분에 물맛이 어찌나 끝내주는지!"라고 외치는 소리를 자주 들을 수 있었다. 농장의 전반적인 분위기는 미니머스가 지은 〈나폴레옹 동지〉라는 시에 잘 표현되어 있는데, 내용은 이랬다.

아버지 없는 자들의 친구!
행복의 샘!
여물통의 주인! 오, 내 영혼은
불타네 하늘의 태양 같은
당신의 고요하고 위엄 있는
눈을 바라볼 때
나폴레옹 동지!

당신은 당신의 동물들이
사랑하는 모든 것을 주시는 분
하루에 두 번 배부르게
깨끗한 짚단 위에 뒹굴게 하시는 분
크고 작은 모든 짐승

우리에서 편히 자네

모든 것을 보살피시는

나폴레옹 동지!

내게 젖먹이 돼지가 있다면

그는 세 홉들이 병이나 밀방망이만큼

자라기 전에 배워야 하리라

당신께 충성되고 진실해지는 법을

그래, 그가 지를 첫 울음소리는

"나폴레옹 동지!"

나폴레옹은 이 시를 승인하고, 커다란 축사 벽에 있는 '일곱 계명'의 맞은편 끝에 새기도록 했다. 그 위에는 스퀼러가 흰 페인트로 그린 나폴레옹의 초상화가 있었다.

한편 나폴레옹은 휨퍼의 중개로 프레더릭과 필킹턴 사이에서 복잡한 협상을 벌이고 있었다. 목재 더미는 아직 팔리지 않은 상태였다. 두 사람 중에서는 프레더릭이 더 사고 싶어 안달하는 쪽이었지만, 제값을 주려고 하지 않았다. 그와 동시에 풍차 건설을 몹시 시기한 프레더릭이 일꾼들과 함께 동물 농장을 공격하고 풍차를 파괴할 음모를 꾸미고 있다는 소문이 새롭게 나돌았다. 스노볼은 여전히 핀치필드 농장에 숨어 있다고 알려져 있었다. 한여름을 지날 무렵에는 암탉 세 마리가 스노볼의 사주를 받아 나폴레옹을 살해할 음모를 꾸몄다고 자백했다는 소식에 동물들이 깜짝 놀랐다. 암탉들은 즉시 처형되었고 나폴레옹의 안전을 위한 새로운 사전 조치들이 취해졌다. 밤마다 개 네 마리가 그의 침대 한 구석씩을 맡아 지켰고, 핑크아이라는 이름의 젊은 돼지가 독이 들어 있는지를 확인하기 위해 나폴레옹의 모든 음식을 먼저 맛보는 임무를 맡았다.

이와 거의 동시에 나폴레옹이 필킹턴 씨에게 목재 더미를 팔기로 했고, 동물 농장과 폭스우드 농장 사이에 특정 생산품을 교환하는 정규 계약이 체결될 예정이라는 소식이 전해졌다. 나폴레옹과 필킹턴의 관계는 비록 휨퍼를 통해서만 이뤄졌지만 이제는 거의 우호적이었다. 동물들은 인간이라는 이유로 필킹턴을 불신했으나, 그래도 두려움과 증오의 대상이었던 프레더릭보다는 훨씬 낫게 여겼다. 여름이 지나고 풍차 완공이 가까워지자 반역자들의 공격이 임박했다는 소문이 점점 더 커졌다. 소문에 따르면 프레더릭이 총으로 무장한 인간 스무 명을 데려올 작정이며, 이미 치안판사와 경찰에게 뇌물을 주어 나중에 그가 동물 농장의 소유권을 얻더라도 이들이 이를 문제 삼지 않을 거라고 했다. 게다가 핀치필드 농장에서는 프레더릭이 동물들에게 잔인한 행위를 가하고 있다는 끔찍한 이야기들이 새어 나왔다. 그가 늙은 말을 채찍으로 때려죽이고, 암소들을 굶기고, 개를 아궁이에 던져 죽이며, 저녁에는 수탉의 발톱에 면도칼 파편을 묶어 닭싸움을 시키고 그걸 즐긴다는 것이었다. 동물들은 자신의 동지들이 이런 일을 당했다는 소식을 듣고 분노로 피가 끓었고, 다 같이 핀치필드를 공격해서 인간들을 몰아내고 동물들을 해방하게 해달라며 때때로 목청을 높이기도 했다. 그러나 스퀼러는 섣부르게 행동하지 말고 나폴레옹 동지의 전략을 믿으라면서 동물들을 타일렀다.

그럼에도 프레더릭에 대한 반감은 점점 높아져만 갔다. 어느 일요일 아침 나폴레옹이 축사에 나타나 프레더릭에게 목재 더미를 팔 생각은 추호도 해본 적이 없으며, 그런 악당과 거래하는 것은 자신의 품위를 떨어뜨리는 일이라고 설명했다. 반란의 소식을 전파하기 위해 여전히 바깥에 파견되어 있던 비둘기들에게 폭스우드 농장에 절대 발을 들이지 말라는 금지령이 떨어졌고, '인간에게 죽음을'이라는 이전 구호 대신 '프레더릭에게 죽음을'이라는 새 구호를 외치라는 명령도 내려졌다. 여름이 끝나갈 무렵에 스노볼의 또 다른 음모가 드러났다. 밀밭에 잡초가 무성한 것은 스노볼이 밤에 몰래 와서 밀 씨앗에 잡초 씨앗을 섞어놓았기 때문이라는 사실이 밝혀진 것이다. 이 음모에 연루된 수컷 거위 한 마리가 스퀼러에게 자신의 죄를 자백하고 즉시 벨라도나 열매●를 삼켜 자살했다. 또한 이제 동물들은 지금껏 다수가 믿어왔던 것과는 달리 스노볼이 '동물 영웅 일등 훈장'을 받은 적이 없다는 사실도 알게 되었다. 이것은 외양간 전투가 끝나고 얼마 뒤 스노볼 자신이 퍼뜨린 헛소문에 불과했다. 훈장을 받기는커녕 전투에서 보인 비겁한 행동 때문에 오히려 견책을 당했다는 것이다. 이 말을 듣고 몇몇 동물은 다시 한번 머리가 혼란스러웠지만, 곧 스퀼러가 그들의 기억이 잘못되었다는 것을 납득시켜주었다.

가을이 되자, 동물들의 피땀 어린 노력 끝에(거의 동시에 가을 수확까지 해야 했으므로 더 지쳤다) 풍차 공사가 끝났다. 아직 기계를 설치할 일이 남았고 휨퍼가 기계 구매를 협상 중이었지만, 일단 구조물은 완공되었다. 경험 미숙, 원시적인 장비, 불운과 스노볼의 반역 행위 등 온갖 어려움에도 정해진 날짜에 맞춰 공사를 정확하게 완료한 것이다! 동물들은 완전히 지쳤지만 자랑스러운 마음으로 자신들이 만들어낸 작품 주위를 빙글빙글 돌았다. 그들 눈에 풍차는 처음 만들었을 때보다도 훨씬 더 아름답게 보였다. 게다가 벽은 이전보다 두 배나 더 두꺼워졌다. 이번에는 폭발물이 아니라면 무엇으로도

● 가짓과 식물의 열매로, 맹독성을 지니고 있어 소량으로도 치명적이다.

무너뜨릴 수 없으리라! 그동안 얼마나 열심히 일을 했던가. 어떻게 그 숱한 낙담을 이겨냈던가. 날개가 돌아가고 발전기가 가동되면 우리의 삶은 얼마나 엄청난 변화를 맞을 것인가. 이 모든 것을 생각하자 피곤함이 사라졌다. 동물들은 승리의 함성을 지르며 풍차 주위를 돌고 또 돌았다. 나폴레옹은 개들과 수탉의 호위를 받으며 완성된 풍차를 시찰하러 왔다. 그는 풍차를 지은 동물들의 노고를 치하한 뒤 풍차의 이름을 '나폴레옹 풍차'로 명명한다고 발표했다.

이틀 후 축사에서 특별 집회가 소집되었다. 나폴레옹이 프레더릭에게 목재 더미를 팔았다고 발표하자 동물들은 깜짝 놀라 입을 다물지 못했다. 내일부터 프레더릭의 짐마차들이 와서 목재를 실어 간다고 했다. 필킹턴과 우호 관계를 맺은 것처럼 보였던 기간 내내 나폴레옹은 사실 프레더릭과 비밀 협상을 벌이고 있었던 것이다.

폭스우드 농장과의 모든 관계는 끊어졌다. 필킹턴에게는 모욕적인 메시지들이 보내졌다. 비둘기들은 핀치필드 농장 출입을 금하고 '프레더릭에게 죽음을'이라는 구호를 '필킹턴에게 죽음을'로 바꾸라는 지시를 받았다. 동시에 나폴레옹은 동물 농장에 대한 공격이 임박했다는 이야기가 전혀 사실이 아니며, 프레더릭이 동물들을 학대했다는 소문은 크게 과장된 것이라고 동물들에게 단언했다. 이 모든 소문은 아마도 스노볼과 그의 첩자들이 지어냈을 거라는 얘기였다. 결국 스노볼은 핀치필드 농장에 숨어 있는 것이 아니었으며, 실제로는 평생 거기 가 본 적도 없다고 했다. 대신 그는 폭스우드 농장에서 대단히 호화로운 생활을 하고 있고, 실은 몇 년 전부터 필킹턴에게 연금을 받고 있다는 것이었다.

돼지들은 나폴레옹의 지략을 듣고 황홀경에 빠졌다. 필킹턴과 친한 척을 함으로써 나폴레옹은 프레더릭이 목재 가격을 12파운드나 더 지불하도록 했다. 그러나 나폴레옹의 탁월함은 그 누구도, 심지어는 프레더릭조차도 믿지 않았다는 사실에 있다고 스퀄러는 말했다. 프레더릭은 '수표'라는 것으로 목재 대금을 지불하고 싶어 했지만, 그건 지불 약속이 적힌 종잇장에 불과해 보였다. 하나 여기 속아 넘어가기에 나폴레옹은 지나치게 영리했다. 그는 진짜 5파운드 지폐로 대금을 지불할 것을 요구했고, 목재를 실어 가기 전에 돈부터 넘겨줘야 한다고 했다는 것이다. 프레더릭은 이미 대금을 지불했고, 그 돈이면 풍차에 필요한 기계들을 구입하기에 충분했다.

한편 목재는 빠르게 실려 나갔다. 운반이 모두 끝난 뒤, 축사에서는 프레더릭이 지불한 지폐를 확인하기 위해 또 다른 특별 집회가 열렸다. 나폴레옹은 두 개 훈장을 모두 착용한 채 환하게 웃으며 단상 위 짚으로 만든 침대에 누워 있었고, 옆에 둔 농가 부엌에서 가져온 도자기 접시 위에는 돈이 가지런히 쌓여 있었다. 동물들은 줄을 지어 천천히 지나가면서 마음껏 그 돈을 구경했다. 복서가 코를 내밀어 지폐 냄새를 맡자 그의 콧김에 얇고 흰 종이가 펄럭이며 바스락거렸다.

사흘 뒤 끔찍한 소동이 벌어졌다. 얼굴이 새하얗게 질린 휨 퍼가 자전거를 타고 급히 달려오더니 마당에 자전거를 내동 댕이치고 곧바로 농가로 뛰어 들어갔다. 다음 순간 나폴레옹 의 방에서 숨이 막힐 것 같은 분노의 포효가 울려 퍼졌다. 무 슨 일이 일어났다는 소식이 들불처럼 농장 전체로 퍼져나갔 다. 프레더릭이 지불한 돈은 위조지폐였다! 프레더릭은 목재 를 공짜로 가져간 것이다!

나폴레옹은 즉시 동물들을 불러 모아 무서운 목소리로 프 레더릭에게 사형선고를 내렸다. 잡기만 하면 프레더릭을 산 채로 끓여 삶아 죽일 거라고 했다. 동시에 그는 이런 반역 행 위 이후에는 언제나 최악의 상황이 닥치는 법이라고 경고했 다. 오랫동안 공격을 계획했던 프레더릭과 그의 일꾼들이 언 제 쳐들어올지 모르는 일이었다. 농장으로 통하는 모든 길목 에 경계병들이 세워졌다. 또한 필킹턴과 좋은 관계를 회복할 수 있기를 바란다는 화해의 메시지를 품은 비둘기 네 마리가 폭스우드에 파견되었다.

바로 다음 날 아침 공격이 시작되었다. 동물들이 아침 식사 를 하고 있을 때, 경계병들이 달려와 프레더릭 일당이 벌써 다섯 개의 빗장이 달린 대문을 통과했다는 소식을 알렸다. 동물들은 용감하게 그들과 맞서기 위해 나섰지만 이번에는 외양간 전투 때처럼 쉽게 승리를 거두지 못했다. 인간 열다섯 명이 총 여섯 자루를 들고 있었는데, 그들은 동물들이 45미터 안으로 접근하자마자 총을 쏘기 시작했다. 동물들은 무시무시한 폭발음과 따가운 산탄 총알에 대응할 수 없었고, 나폴레옹과 복서가 다시 규합하려 애써보았지만 결국 뒤로 물러날 수밖에 없었다. 상당수가 이미 상처를 입은 채였다. 그들은 농장 건물로 피신해서 벽 틈새와 옹이구멍 사이로 조심스럽게 바깥을 내다보았다. 풍차를 포함한 넓은 목초지 전체가 적의 손에 넘어가 있었다. 이 순간만큼은 나폴레옹조차도 당황한 기색이 역력했다. 그는 말 한마디 없이 경직된 꼬리를 씰룩거리며 이리저리 왔다 갔다 했다. 동물들은 간절한 눈빛으로 폭스우드 농장 쪽을 바라보았다. 필킹턴과 그의 일꾼들이 도와준다면 아직 승산이 있을지도 몰랐다. 하지만 바로 그때 전날 날려 보냈던 비둘기 네 마리가 돌아왔고, 그중 한 마리가 필킹턴이 보낸 쪽지를 물고 있었다. 쪽지에는 연필로 이렇게 적혀 있었다. "쌤통이다."

그사이 프레더릭과 그의 일꾼들은 풍차 앞에서 멈춰 섰다. 그들을 지켜보던 동물들은 불안과 탄식 속에서 수군거렸다. 일꾼 두 사람이 쇠 지렛대와 대형 망치를 꺼내 들었다. 그들은 풍차를 때려 부수려 하는 중이었다.

"불가능해!" 나폴레옹이 소리쳤다. "우리가 벽을 얼마나 두껍게 쌓았는데! 일주일이 걸려도 무너뜨릴 수 없을걸. 용기를 내시오, 동지들!"

하지만 벤저민은 인간들의 움직임을 유심히 지켜보고 있었다. 망치와 지렛대를 든 두 사람은 풍차 아래쪽에 구멍을 뚫고 있었다. 벤저민은 거의 즐기는 듯한 표정으로 긴 주둥이를 천천히 끄덕거렸다.

"내 그럴 줄 알았지." 벤저민이 말했다. "저놈들이 무슨 짓을 하는지 모르겠나? 조금 있으면 저 구멍에 폭약을 집어넣을 거라고."

동물들은 겁에 질린 채 기다렸다. 이제 숨어 있는 건물 밖으로 나가는 것은 불가능했다. 몇 분 후 인간들이 사방으로 뛰어 흩어지는 것이 보였다. 그러고는 곧 귀가 먹먹해질 만큼 커다란 굉음이 들렸다. 비둘기들이 공중으로 날아올랐고, 나폴레옹을 제외한 모든 동물이 바닥에 배를 깔고 엎드려 얼굴을 파묻었다. 다시 일어났을 때, 풍차가 있던 자리에는 거대한 검은색 연기구름이 피어오르고 있었다. 바람이 서서히 연기를 걷어냈다. 풍차는 더 이상 존재하지 않았다!

이 광경을 본 동물들은 용기를 되찾았다. 조금 전까지 느꼈던 공포와 절망은 이 악랄하고 비열한 행위를 향한 분노 속에서 씻은 듯이 사라져버렸다. 복수를 향한 힘찬 함성이 울려 퍼졌고, 동물들은 더 이상 명령을 기다릴 필요도 없이 한 몸으로 적을 향해 곧장 돌진했다. 이번에는 우박처럼 쏟아지는 무자비한 총알에도 아랑곳하지 않았다. 잔인하고 처절한 전투였다. 인간들은 계속해서 총을 쏘아댔고 동물들이 가까이 오자 몽둥이를 휘두르고 육중한 장화로 걸어찼다. 암소 한 마리와 양 세 마리, 거위 두 마리가 목숨을 잃었고 거의 모든 동물이 부상을 당했다. 심지어 후방에서 작전 지시를 하던 나폴레옹조차도 총알에 꼬리 끝이 잘려 나갔다. 하지만 인간들 역시 무사하지 못했다. 세 사람은 복서의 발굽에 맞아 머리가 깨졌고, 한 명은 암소의 뿔에 배를 받혔으며, 제시와 블루벨에게 물려 바지가 거의 다 찢겼다. 게다가 나폴레옹의 보디가드인 개 아홉 마리가 그의 지시에 따라 울타리 아래로 우회하더니, 갑자기 인간들의 측면에서 나타나 사납게 짖어대면서 그들을 공포 속에 몰아넣었다. 인간들은 자신들이 포위될 위험에 처했다는 것을 깨달았다. 프레더릭이 일꾼들에게 빠져나갈 수 있을 때 도망치자고 소리치자 다음 순간 겁쟁이 인간들이 죽어라 달리기 시작했다. 동물들은 들판 끝까지 쫓아가서 가시나무 울타리를 억지로 통과하는 그들에게 마지막 발길질을 날렸다.

동물들은 승리했지만 지쳤고 피를 흘리고 있었다. 그들은 천천히 절뚝거리며 농장으로 돌아가기 시작했다. 풀밭에 죽은 채 누워 있는 동지들을 보고 몇몇이 눈물을 흘렸다. 그리고 잠시 동안 그들은 풍차가 서 있던 곳에서 슬픈 침묵 속에 걸음을 멈췄다. 그렇다, 풍차는 사라졌다. 그들이 들였던 그 모든 수고의 마지막 흔적이 거의 다 사라진 것이다! 심지어 바닥 기초조차 일부 파괴되어 있었다. 그리고 풍차를 재건하더라도 이번에는 이전처럼 떨어진 돌들을 사용할 수 없었다. 돌마저 사라져버렸기 때문이다. 폭발의 위력으로 돌들은 수백 미터 떨어진 곳까지 날아가버렸다. 마치 풍차가 거기 한 번도 존재하지 않았던 것만 같았다.

농장에 다다르자, 전투 중에는 이상하게도 찾아볼 수 없었던 스퀼러가 만족스러운 표정으로 꼬리를 흔들며 동물들을 향해 뛰어왔다. 그리고 농장 건물 쪽에서 엄숙한 총소리가 들려왔다.

"저 총은 왜 쏘는 거죠?" 복서가 물었다.

"우리의 승리를 축하하기 위해서요!" 스퀼러가 외쳤다.

"무슨 승리요?" 복서가 말했다. 그의 무릎에서는 피가 흘렀고, 편자 하나를 잃은 탓에 발굽이 찢어졌으며, 뒷다리에는 작은 총알 열두 개가 박혀 있었다.

"무슨 승리냐고요, 동지? 우리가 적들을 이 신성한 동물 농장의 땅에서 몰아내지 않았던가요?"

"하지만 그들이 풍차를 파괴했잖아요. 우리가 2년 동안 피
땀 흘려 세운 풍차를요!"

"무슨 상관이에요? 풍차를 하나 더 만들면 되잖아요. 마음
만 먹으면 우리는 풍차를 여섯 개라도 지을 겁니다. 동지, 당
신은 우리가 해낸 위대한 일을 제대로 인정하지 않는군요. 적
들은 우리가 서 있는 바로 이 땅을 점령했었단 말입니다. 그
런데 이제 우리가, 나폴레옹 동지의 영도력 덕분에, 그 모든
땅을 되찾은 거라고요!"

"그렇다면 우리는 전에 가졌던 걸 되찾은 셈이군요." 복서
가 말했다.

"그게 바로 우리의 승리죠." 스퀼러가 말했다.

그들은 절뚝거리며 마당으로 들어왔다. 복서의 피부 아래
박힌 총알들로 다리가 고통스럽게 욱신거렸다. 그는 풍차를
기초부터 다시 세우는 고된 과정을 눈앞에 그려보았고, 이미
머릿속으로는 그 일을 위한 마음의 준비를 하고 있었다. 그러
나 어느새 그도 열한 살이었고, 단단한 근육도 어쩌면 예전
같지 않을 수 있다는 생각이 처음으로 들었다.

하지만 초록 깃발이 휘날리고, 축포 소리가 다시 들려오고
(모두 일곱 발이 발사되었다), 나폴레옹이 동물들의 전공을 치하
하는 연설을 들으면서 그들은 비로소 자신들이 커다란 승리
를 거둔 것 같다고 생각하게 되었다. 전투에서 죽은 동물들을

위해 엄숙한 장례식이 거행되었다. 복서와 클로버가 영구차 역할을 하는 마차를 끌었고, 나폴레옹이 직접 행렬의 선두에서 걸었다. 이틀 내내 축하 행사가 이어졌다. 노래와 연설, 축포가 계속되었고, 모든 동물에게 특별 선물로 사과 한 알씩이 주어졌다. 새들에게는 곡물 55그램, 개들에게는 비스킷 세 개씩이 더해졌다. 이번 전투는 '풍차 전투'라고 명명될 것이며 나폴레옹은 '녹색 깃발 훈장'을 새로 제정해 스스로 받게 될 거라는 발표가 있었다. 이런 축제 분위기 속에서 불행한 위조지폐 사건은 잊혔다.

돼지들이 농가 지하실에서 위스키 한 상자를 발견한 것은 며칠 후였다. 처음 집을 점령했을 때는 미처 보지 못한 물건이었다. 그날 밤 농가에서는 시끄러운 노랫소리가 들렸는데, 놀랍게도 〈영국의 짐승들〉의 멜로디가 섞여 있었다. 9시 반쯤 존스 씨의 낡은 중절모를 쓴 나폴레옹이 뒷문에서 나와 마당을 빠르게 돌고 다시 실내로 들어가는 모습이 분명히 목격되었다. 그러나 아침이 되자 농가에는 깊은 침묵이 흘렀다. 돼지 한 마리도 꿈쩍하지 않는 것만 같았다. 9시가 다 되어서야 스퀼러가 실의에 빠진 듯한 걸음걸이로 느릿느릿 나타났다. 눈은 흐리멍덩하고, 꼬리는 힘없이 늘어져 있었으며, 어디로 봐도 몹시 아픈 듯한 모습이었다. 그는 동물들을 모으더니 끔찍한 소식을 전하겠다고 말했다. 나폴레옹 동지가 죽어가고 있다는 것이었다!

비탄의 울음소리가 터져 나왔다. 동물들은 농가 문 바깥에 짚을 깔고 발끝으로만 걸었다. 눈물을 글썽이며 만약 지도자 동지를 잃으면 어떻게 해야 하는지 서로에게 물었다. 스노볼이 결국 나폴레옹의 음식에 독을 넣은 거라는 소문이 돌았다. 11시에 스퀼러가 다시 나타나 또 다른 발표를 했다. 나폴레옹 동지가 이 세상에서의 마지막 조치로 엄중한 포고령을 내렸다는 것이었다. "술을 마시는 동물은 사형에 처한다."

그러나 저녁이 되자 나폴레옹은 다소 나아진 것처럼 보였고, 다음 날 아침 스퀼러는 그가 빠르게 회복 중이라고 말했다. 그날 저녁 나폴레옹은 업무에 복귀했고, 다음 날 휨퍼에게 윌링던에 가서 양조와 증류에 관한 책자를 구입해 오라고 지시했다는 사실이 밝혀졌다. 일주일 후 나폴레옹은 과수원 너머에 있는 작은 방목지를 갈아엎으라는 명령을 내렸다. 원래 은퇴한 동물들의 휴식처로 따로 남겨둔 땅이었다. 그 땅은 다 말라버려서 다시 씨를 뿌려야 한다는 얘기가 나왔지만, 곧 나폴레옹이 거기 보리를 심을 계획이라는 사실이 전해졌다.

이 무렵 아무도 이해할 수 없는 이상한 사건이 하나 발생했다. 어느 날 자정쯤 마당에서 큰 소리가 나는 바람에 동물들이 우리에서 뛰쳐나왔다. 달이 밝은 밤이었다. 일곱 계명이 적힌 커다란 축사 끝 벽 밑에 사다리가 두 동강 난 채 놓여 있었다. 그 옆에는 스퀼러가 잠시 기절해 널브러져 있었고, 가까이에는 랜턴, 페인트 붓, 엎질러진 흰색 페인트 통이 나뒹굴고 있었다. 개들이 곧바로 스퀼러의 주위를 에워쌌고, 그가 걸을 수 있게 되자 곧장 그를 호위해서 농가로 데려갔다. 동물 중 누구도 이게 무슨 일인지 영문을 알 수가 없었다. 오직 벤저민 영감만이 알겠다는 듯 주둥이를 끄덕이며 이해하는 것처럼 보였지만, 역시 아무런 말도 하지 않았다.

하지만 며칠 후 뮤리얼은 일곱 계명을 혼자서 읽어보다가 동물들이 잘못 기억하는 계명이 하나 더 있다는 것을 알아챘다. 동물들은 제5계명이 "어떤 동물도 술을 마셔서는 안 된다"라고 생각했지만, 거기에는 그들이 잊고 있던 두 단어가 더 있었다. 실제로 벽에 적힌 계명은 이랬다. "어떤 동물도 술을 **지나치게 많이** 마셔서는 안 된다."

제9장

복서의 찢어진 발굽이 낫는 데는 오랜 시간이 걸렸다. 동물들은 승리의 축제가 끝난 바로 다음 날부터 풍차 재건 작업을 시작했다. 복서는 단 하루도 쉬지 않으려 했고, 고통스러워하는 모습을 보이지 않는 것이 곧 자신의 명예라고 생각했다. 하지만 저녁이 되면 클로버에게 발굽이 너무 아프다고 조용히 털어놓곤 했다. 클로버는 약초를 씹어서 만든 찜질약을 복서의 발굽에 발라주었다. 그녀와 벤저민은 복서에게 너무 무리하지 말라고 다그쳤다. "말의 허파라고 해서 영원한 건 아냐." 클로버가 말했지만 복서는 듣지 않았다. 그에게 남은 단 하나의 진정한 소망은 은퇴하기 전에 풍차가 잘 돌아가는 모습을 보는 것뿐이었다.

동물 농장의 법이 처음 만들어지던 초기에 동물의 은퇴 연령은 말과 돼지 열두 살, 암소 열네 살, 개 아홉 살, 양 일곱 살, 그리고 암탉과 거위 다섯 살이었다. 꽤 후한 노년 연금도 그때 정해졌다. 아직 실제로 은퇴해서 연금 생활을 하는 동물은 없었지만, 최근 들어 이 문제가 점점 더 자주 거론되었다. 과수원 너머 작은 방목지는 보리를 재배하기 위해 따로 떼어놓기로 했기 때문에, 대신 넓은 목초지 한구석에 울타리를 쳐서 은퇴한 동물들을 위한 방목지로 만들 거라는 소문이 돌았다. 은퇴한 말의 경우 하루에 곡물 2.2킬로그램, 겨울에는 건초 7킬로그램을 주고 공휴일에는 당근 혹은 사과를 한 개씩 더 얹어준다고 했다. 복서의 열두 번째 생일은 이듬해 늦여름이었다.

그사이 농장의 삶은 고단했다. 이번 겨울은 지난겨울만큼이나 추웠고 심지어 식량은 더 부족했다. 다시 한번 돼지와 개를 제외한 모든 동물의 식량 배급량이 줄었다. 식량 배급에 지나치게 엄격한 평등을 적용하는 것은 동물주의의 원칙에 위배된다고 스퀼러는 설명했다. 겉으로 보이는 모습이 어떻든 간에, 어쨌든 그는 실제로는 식량이 부족하지 않다는 것을 다른 동물들에게 어렵지 않게 증명해 보였다. 물론 당분간은 배급량을 재조정할 필요가 있었지만(스퀼러는 이를 언제나 '재조정'이라고 말하지 절대 '감축'이라고는 하지 않았다), 존스 시절과 비교하면 사정이 어마어마하게 나아졌다는 것이다. 그는 날카롭고 빠른 목소리로 통계 수치들을 읊어가며 그들이 존스 시대보다 더 많은 귀리, 건초, 순무를 확보하고 있고, 노동시간은 줄었으며, 식수의 질이 더 좋아졌고, 수명은 길어진 데다, 새끼들이 살아남는 비율이 높아졌고, 우리 속 짚 더미는 늘어났으며, 벼룩에게 물리는 일은 줄었다고 조목조목 구체적으로 설명했다. 동물들은 그 말을 고스란히 믿었다. 사실대로 말하자면, 존스나 그와 관련된 모든 것은 그들의 기억에서 거의 다 사라져버린 상태였다. 그들이 아는 것은 오직 지금의 삶이 가혹하고 버겁다는 것, 자주 배가 고프고 춥다는 것, 잠잘 때를 제외하고는 늘 일을 한다는 것뿐이었다. 하지만 의심의 여지 없이 옛날에는 더 나빴을 게 분명했다. 그들은 그렇게 믿고 싶었다. 게다가 그 시절에는 노예였지만 지금은 자유로우니, 스퀼러가 항상 지적하는 것처럼 그것이야말로 엄청난 차이였다.

이제 먹여야 할 입이 훨씬 더 늘어났다. 가을이 되자 암퇘지 네 마리가 거의 동시에 새끼를 낳았는데 모두 서른한 마리였다. 새끼 돼지들은 모두 흑백의 얼룩무늬가 있었고, 나폴레옹은 농장에서 유일한 수퇘지였으므로 누가 새끼들의 부모인지는 쉽게 짐작 가능했다. 이후 벽돌과 목재를 구입해서 농가 정원에 교실을 지을 거라는 발표가 있었다. 얼마 동안은 나폴레옹이 농가 부엌에서 새끼 돼지들을 직접 교육했다. 새끼 돼지들은 정원에서 운동을 했고, 다른 어린 동물들과는 함께 놀지 못하도록 분리되었다. 또한 이 무렵 돼지와 다른 동물이 길에서 만나면 다른 동물은 반드시 비켜서야 한다는 규칙이 정해졌고, 모든 돼지는 등급과 관계없이 일요일마다 꼬리에 녹색 리본을 맬 수 있는 특권을 갖게 되었다.

농장은 꽤 성공적인 한 해를 보냈지만 여전히 돈이 부족했다. 교실을 짓기 위해 벽돌, 모래, 석회를 구입해야 했고 풍차에 쓸 기계를 사기 위한 저축도 시작해야 했다. 그뿐 아니라 농가에 사용할 등불용 기름과 양초, 나폴레옹의 식탁에 올라갈 설탕(그는 살이 찐다는 이유로 다른 돼지들에게는 이를 금지했다), 그리고 공구, 못, 끈, 석탄, 철사, 고철, 개 먹이용 비스킷과 같은 일상 용품들도 필요했다. 건초 한 더미와 감자 일부가 팔려나갔고 달걀 공급계약이 주당 육백 개로 늘어났다. 이 때문에 그해에 암탉들은 자신들의 수를 비슷한 수준으로 유지할 수 있을 만큼의 병아리들만 겨우 부화시킬 수 있었다. 12월에 줄어든 배급량은 2월에 한 번 더 줄어들었고, 기름을 절약하기 위해 우리 안에서 등불을 켜는 것마저 금지되었다. 그러나 돼지들은 충분히 안락한 생활을 하는 것처럼 보였고, 실제로 오히려 살이 찌고 있었다. 2월 하순의 어느 오후, 존스 시절에는 사용하지 않았던 부엌 너머 작은 양조장에서 전에 한 번도 맡아본 적 없는 따뜻하고 진하며 식욕을 돋우는 냄새가 흘러나와 마당을 가로질러 퍼져나갔다. 누군가가 이건 보리 삶는 냄새라고 말했다. 동물들은 허기진 듯 공기 중의 냄새를 킁킁거리며 저녁 식사 때 따뜻한 여물이 나올 것인지 궁금해했다. 하지만 그런 여물은 나오지 않았고, 그다음 일요일에 이제부터 모든 보리는 돼지들을 위해 따로 저장된다는 발표가 있었다. 과수원 너머 방목지에는 이미 보리가 심겨 있었다. 얼마 지나지 않아 이제 모든 돼지가 날마다 맥주세 홉씩을 배급받고 있으며, 나폴레옹에게는 2리터가 늘 크라운 더비 수프 그릇에 담아 제공된다는 소식이 어디선가 새어 나왔다.

감당해야 할 수많은 어려움이 있었지만, 동물들은 오늘의 삶이 이전보다 훨씬 더 존엄해졌다는 사실 하나로 이 고통을 일부나마 상쇄했다. 더 많은 노래, 더 많은 연설, 더 많은 행진이 있었다. 나폴레옹은 일주일에 한 번씩 동물 농장의 투쟁과 승리를 축하하기 위한 소위 '자발적 시위'를 열도록 명령했다. 정해진 시간이 되면 동물들은 일을 멈추고 돼지를 앞세운 채 말, 암소, 양, 가금류순으로 군대식 대열에 맞춰 행진하며 농장 경내를 돌았다. 개들이 행렬의 양옆에서 따르고 나폴레옹의 검은 수탉이 전체 대열의 선두에 섰다. 복서와 클로버는 늘 발굽과 뿔이 그려진 녹색 깃발을 양쪽에서 들고 행진했는데, 거기에는 "나폴레옹 동지 만세!"라는 문구가 적혀 있었다. 그다음에는 나폴레옹을 기리기 위해 지어진 시들이 낭송되고, 최근 식량 생산량의 증가를 구체적으로 설명하는 스퀼러의 연설이 이어지며, 때때로 축포가 발사되기도 했다. 양들은 이 '자발적 시위'의 가장 열렬한 지지자였는데, 누군가가(돼지나 개가 근처에 없을 때 몇몇 동물이 간혹 그랬던 것처럼) 이건 추위에 떨며 시간만 낭비하는 거라고 불평하면 양들은 엄청나게 큰 소리로 "네발은 좋고, 두 발은 나쁘다!"를 외쳐 그 입을 다물게 했다. 하지만 대체로 동물들은 이런 축하 행사를 즐겼다. 어쨌거나 그들은 자신들이 농장의 진정한 주인이며, 하고 있는 모든 노동도 자기 자신을 위한 거라는 사실을 상기하며 위안을 얻었다. 그리하여 노래와 행진, 스퀼러의 통계 수치, 우레와 같은 총소리, 수탉의 울음소리와 펄럭이는 깃발 가운데 동물들은 잠시나마 배고픔을 잊어버릴 수 있었다.

4월이 되자 동물 농장은 '공화국'을 선포했고, 따라서 대통령을 선출해야 했다. 후보자는 나폴레옹 한 명뿐이었고 만장일치로 그가 대통령에 선출되었다. 같은 날 스노볼과 존스의 공모에 관한 세부 내용이 담긴 새로운 문서가 발견되었다는 소식이 전해졌다. 지금껏 동물들이 추측했던 것처럼 스노볼은 단순히 계략을 써서 외양간 전투에서 패배하려고 했던 것이 아니라 아예 대놓고 존스의 편에서 싸웠던 것으로 드러났다. 실제로 그날 쳐들어온 인간들을 앞장서 지휘한 것이 스노볼이며, 그가 자신의 입으로 "인간 만세!"를 외치며 전투에 뛰어들었다는 얘기였다. 몇몇 동물이 아직도 기억하는 스노볼 등의 상처는 나폴레옹의 이빨에 물어 뜯겨 생긴 거라고 했다.

여름 한가운데를 지날 무렵, 몇 년 동안 자취를 감췄던 큰 까마귀 모지스가 갑자기 농장에 다시 나타났다. 그는 전혀 변하지 않은 모습으로, 여전히 일은 하지 않으면서 늘 하던 대로 슈거캔디 마운틴에 대한 이야기를 늘어놓았다. 그는 나무 그루터기에 앉아 검은 날개를 펄럭이며, 귀를 기울이기만 하면 누구에게나 한 시간씩 그 얘기를 했다. "저기 위에 말이야, 동지들." 그는 커다란 부리로 하늘을 가리키며 엄숙하게 말하곤 했다. "저 위에, 저기 보이는 어두운 구름 저편에 슈거캔디 마운틴이 있어. 불쌍한 우리 동물들이 모든 수고에서 벗어나 영원히 안식할 수 있는 행복한 나라가 있다고!" 심지어 그는 언젠가 하늘을 높이 날다가 사시사철 토끼풀이 피어 있는 들판과 울타리에서 자라는 각설탕과 아마씨 케이크를 직접 본 적도 있다고 주장했다. 많은 동물이 그의 말을 믿었다. 그들은 이렇게 생각했다. 지금 우리의 삶이 이렇게 배고프고 고단하니 어딘가에는 더 나은 세상이 존재해야 옳고 공정한 것 아닐까? 한 가지 잘 납득하기 어려웠던 것은 모지스를 대하는 돼지들의 태도였다. 돼지들은 모두 모지스가 하는 슈거캔디 마운틴 이야기가 다 거짓말이라며 경멸 조로 일축하면서도, 일도 하지 않는 모지스가 농장에 남아 있게 해주었을 뿐 아니라 그에게 하루에 맥주 한 홉씩을 주기까지 했다.

발굽이 다 나은 후 복서는 그 어느 때보다 더 열심히 일했다. 사실 그해에는 모든 동물이 노예처럼 일했다. 농장의 정규 작업과 풍차 재건 사업 외에도 3월부터 시작된 새끼 돼지들을 위한 교실 공사가 있었기 때문이다. 가끔은 부족한 식량으로 오랜 시간을 견디기가 힘들 때도 있었지만, 복서는 흔들리지 않았다. 그의 말과 행동 어디에도 그의 힘이 예전 같지 않다는 징후는 없었다. 다만 조금 달라진 게 있다면 그의 겉모습이었다. 가죽의 윤기가 예전보다 덜하고 커다란 엉덩이가 줄어든 것 같았다. 다른 동물들은 "봄에 새 풀이 돋아나면 복서도 다시 살이 찔 거야"라고 말했지만, 봄이 왔는데도 복서는 살이 찌지 않았다. 이따금 채석장 꼭대기로 이어지는 비탈길에서 거대한 바위의 무게를 온몸의 근육으로 지탱할 때, 그의 두 다리는 계속하겠다는 의지 하나로 버티는 것처럼 보였다. 그럴 때마다 그의 입술은 '내가 더 열심히 일하자'라는 말을 하려고 움직였지만 목소리가 나오지 않았다. 클로버와 벤저민이 다시 한번 그에게 건강을 돌보라고 경고했는데도 복서는 귀를 기울이지 않았다. 그의 열두 번째 생일이 다가오고 있었다. 그는 은퇴하기 전에 돌을 충분히 쌓아둘 수만 있다면 무슨 일이 일어나든 상관없다는 듯이 굴었다.

어느 여름날 늦은 저녁, 갑자기 복서에게 무슨 일이 생겼다는 소문이 농장에 퍼졌다. 그가 혼자서 돌무더기를 풍차 공사장까지 나르기 위해 나갔다는 것이다. 아니나 다를까, 소문은 사실이었다. 몇 분 후 비둘기 두 마리가 급하게 날아와 소식을 전했다. "복서가 쓰러졌어요! 옆으로 누워서 일어나지 못하고 있어요!"

농장에 있던 동물 중 절반 정도가 풍차가 서 있는 언덕으로 달려 나갔다. 복서는 짐수레 끌채 사이에서 목을 길게 빼고 고개도 들지 못한 채 누워 있었다. 눈동자는 흐릿했고 옆구리는 땀으로 범벅이 되어 있었다. 입에서는 가느다랗게 피가 흘러내렸다. 클로버는 그의 곁에 무릎을 꿇었다.

"복서!" 그녀가 외쳤다. "어떻게 된 거야? 괜찮아?"

"허파 때문이야." 복서가 힘없는 목소리로 말했다. "하지만 상관없어. 다들 내가 없어도 풍차를 완성할 수 있을 거야. 돌은 꽤 많이 쌓아뒀으니까. 어차피 난 한 달밖에 남지 않았어. 솔직히 말하면 난 은퇴할 날을 고대하고 있었거든. 그리고 벤저민도 나이가 들었으니, 어쩌면 나와 동시에 은퇴해서 같이 지내줄지도 모르지."

"어서 도움을 청해야 해." 클로버가 말했다. "누가 빨리 가서 스퀼러에게 얘기 좀 해줘요."

다른 동물들이 모두 곧장 농가로 달려가 스퀼러에게 소식을 전했다. 클로버와 벤저민만 남았다. 벤저민은 복서 곁에 누워서 말없이 긴 꼬리로 파리를 쫓아냈다. 십오 분쯤 지나 스킬러가 동정과 염려 가득한 표정으로 나타났다. 그는 나폴레옹 동지가 농장에서 가장 충성스러운 일꾼 중 하나에게 이런 불행이 닥친 것을 매우 안타깝게 생각하며, 복서를 윌링던에 있는 병원으로 보내 치료받게 할 준비를 하고 있다고 말했다. 동물들은 이 말을 듣고 조금 불안해졌다. 몰리와 스노볼을 제외하고 농장을 떠난 동물은 없었다. 게다가 아픈 동료를 인간의 손에 맡긴다는 것은 생각조차 하고 싶지 않았다. 하지만 스킬러는 윌링던의 수의사가 복서를 농장에서보다 훨씬 더 만족스럽게 치료할 수 있다면서 동물들을 간단히 설득했다. 그리고 삼십 분쯤 지나 어느 정도 기운을 차렸을 때, 복서는 간신히 다리를 일으켜 마구간까지 절룩거리며 걸어갔다. 클로버와 벤저민이 그를 위해 짚단으로 편안한 잠자리를 마련해주었다.

그 후 이틀 동안 복서는 마구간에서 쉬었다. 돼지들이 화장실의 약상자에서 발견한 큼지막한 분홍색 병을 보냈고, 클로버는 하루 두 번 식후에 복서에게 약을 먹였다. 저녁이면 클로버는 복서 곁에 앉아 말을 걸었고, 벤저민은 계속해서 파리를 쫓아주었다. 복서는 이번에 일어난 일을 후회하지 않는다고 말했다. 회복만 잘 된다면 앞으로 3년은 더 살 수 있을 것

같고, 넓은 목초지 한구석에서 평화로운 나날을 보낼 수 있을 거란 기대도 있었다. 난생처음 공부도 하고 내면을 가꿀 수 있는 여유를 갖게 될 거였다. 그는 남은 생을 알파벳의 나머지 스물두 글자를 배우는 데 바칠 계획이라고 말했다.

하지만 벤저민과 클로버는 일과 시간 이후에만 복서와 함께할 수 있었고, 복서를 실어 갈 유개 마차가 왔을 때는 한낮이었다. 동물들은 모두 돼지의 감독 아래 순무 밭의 잡초를 뽑고 있었는데, 농장 건물 쪽에서 벤저민이 목이 터져라 소리를 지르며 달려오는 것을 보고 깜짝 놀랐다. 벤저민이 흥분한 모습을 본 것은 처음이었다. 아니, 사실 그가 뛰는 것을 보는 것도 처음이었다. "빨리, 빨리!" 그가 외쳤다. "당장 와! 그 놈들이 복서를 끌어가고 있어!" 돼지의 명령을 기다릴 새도 없이 동물들은 하던 일을 멈추고 농장 건물로 달려갔다. 아니나 다를까, 마당에는 말 두 마리가 끄는 커다란 유개 마차가 있었다. 마차 옆면에는 글자가 적혀 있었고 마부석에는 나지막한 중절모를 쓴 교활하게 생긴 남자가 앉아 있었다. 복서의 마구간은 비어 있었다.

동물들이 마차 주위로 몰려들었다. "잘 가, 복서!" 동물들이 한목소리로 외쳤다. "안녕!"

"바보들! 이 바보들!" 벤저민은 동물들 주위를 뛰어다니면서 작은 발굽으로 땅을 구르며 소리 질렀다. "야, 이 멍청이들아! 저 마차 옆에 뭐라고 써 있는지 안 보여?"

그러자 동물들은 잠시 멈칫했고 곧 조용해졌다. 뮤리얼이 글자를 더듬더듬 읽기 시작했다. 그러나 벤저민은 그녀를 옆으로 밀치고 쥐 죽은 듯한 고요 속에서 글자를 읽어 내려갔다.

"'앨프리드 시먼즈, 말 도축업 및 아교 제조업, 윌링던. 가죽 및 뼛가루 취급. 개집 공급.' 이게 무슨 뜻인지 모르겠어? 복서를 도살장으로 데려가는 거라고!"

공포에 찬 비명이 동물들에게서 터져 나왔다. 바로 이때 마부석의 남자가 말을 채찍질했고 마차는 재빠르게 마당을 빠져나갔다. 모든 동물이 목청을 높여 울부짖으며 뒤를 따랐다. 클로버가 다른 동물을 헤치고 맨 앞으로 나갔다. 마차가 속도를 내기 시작했다. 클로버는 있는 힘을 다해 전속력으로 뛰었지만 겨우 느린 속도로만 따라갈 수 있었다. "복서!" 그녀가 소리 질렀다. "복서! 복서! 복서!" 바로 그 순간, 마치 바깥의 소란을 듣기라도 한 듯 코에 흰 줄무늬가 난 복서의 얼굴이 마차 뒤쪽의 작은 창문에 나타났다.

"복서!" 클로버가 겁에 질린 목소리로 외쳤다. "복서! 거기서 나와! 빨리 나오라고! 널 죽이려고 데려가는 거야!"

모든 동물이 "빨리 나와, 복서, 빨리 나와!" 하고 소리를 질렀다. 하지만 마차는 이미 속도를 내며 그들에게서 멀어지고 있었다. 복서가 클로버의 말을 알아들었는지는 확실치 않았다. 그러나 잠시 후 그의 얼굴이 창문에서 사라지고 마차 안에서 쿵쿵거리는 엄청난 발굽 소리가 들렸다. 그는 발로 마차를 부수어 밖으로 나오려 하고 있었다. 예전 같았으면 복서의 발길질 몇 번에 마차는 성냥개비처럼 산산이 부서졌을 것이다. 아아, 그렇지만 그에게는 더 이상 힘이 남아 있지 않았고, 얼마 지나지 않아 마차 안의 발굽 소리가 점점 희미해지더니 끝내 사라졌다. 동물들은 절망에 빠진 채 두 마리 말에게 마차를 멈춰달라고 호소했다. "동지들, 동지들!" 그들은 소리쳤다. "당신 형제를 죽음으로 끌고 가지 말아요!" 그러나 무슨 일이 벌어지고 있는지조차 깨닫지 못하는 이 무지한 짐승들은 그저 귀를 뒤로 젖힌 채 속도를 높일 뿐이었다. 복서의 얼굴은 창문에 다시 나타나지 않았다. 뒤늦게 누군가가 먼저 달려가 다섯 개의 빗장이 달린 대문을 닫아야겠다고 생각했지만, 그 순간 마차는 벌써 대문을 통과해 큰길 아래로 사라져 갔다. 그 뒤로 다시는 복서를 볼 수 없었다.

사흘 후 복서가 윌링던의 병원에서 말이 받을 수 있는 치료는 모두 받았음에도 끝내 숨을 거두었다는 소식이 전해졌다. 스퀼러가 이 소식을 다른 동물들에게 전하러 왔다. 그는 복서가 숨을 거둘 때 자기도 곁에 있었다고 말했다.

"내 평생 가장 감동적인 광경이었어요!" 스퀼러가 앞발을 들어 눈물을 닦으며 말했다. "마지막 순간에 나는 그의 침대

머리맡에 있었어요. 거의 말을 할 수 없을 정도로 쇠약해진 그 마지막 순간에, 그는 내 귀에 나지막이 말했습니다. 풍차가 완성되는 걸 보지 못하고 떠나는 게 자신의 유일한 슬픔이라고요. '전진하시오, 동지들!' 그가 속삭였어요. '반란의 이름으로 전진하시오. 동물 농장 만세! 나폴레옹 동지 만세! 나폴레옹은 언제나 옳습니다.' 그게 복서의 마지막 말이었습니다, 동지들."

여기서 스퀼러의 태도가 갑자기 바뀌었다. 그는 잠시 아무 말도 하지 않은 채 작은 눈으로 이리저리 의심에 찬 눈길을 보내더니 말을 이었다.

그는 복서가 실려 갈 때 어리석고 악의적인 소문이 돌았다는 사실을 안다고 말했다. 몇몇 동물이 복서를 데려간 마차에 '말 도축업'이라고 적힌 것을 보고 복서가 도살장에 보내졌다는 성급한 결론을 내렸다는 것이다. 스퀼러는 그렇게 멍청한 동물이 있다니 도저히 믿을 수 없다고 말했다. 정말로 그는 분노에 차서 꼬리를 흔들고 이리저리 뛰어다니면서 소리를 질러댔다. 경애하는 지도자 나폴레옹 동지가 어떤 분인지 아직도 모른단 말입니까? 설명은 아주 간단했다. 그 마차는 이전에 도축업자의 소유였는데, 수의사가 이를 구입한 뒤 미처 옛 이름을 지우지 못했고, 오해는 거기서 생겼다는 게 스퀼러의 말이었다.

동물들은 이 말을 듣고 크게 안도했다. 이어서 스퀼러가 복서의 임종 과정과 그가 받았던 극진한 치료, 그리고 나폴레옹이 비용은 생각하지 않고 지불한 값비싼 약에 대해 눈에 보이듯 자세하게 묘사하자 마지막 의구심까지 모두 사라졌다. 복서가 편안하게 숨을 거두었다고 생각하니 동지의 죽음으로 느꼈던 그들의 슬픔도 조금은 달래졌다.

나폴레옹은 그다음 일요일 집회에 직접 나타나 복서를 칭송하는 짧은 연설을 했다. 그는 안타깝게도 죽은 동지의 유해를 농장으로 가져와 안장하지는 못했지만, 대신 농가 정원에 있는 월계수로 커다란 화환을 만들어 복서의 무덤에 가져다 놓으라는 명령을 내렸다고 말했다. 그리고 며칠 뒤 돼지들은 복서를 기리기 위한 추모 연회를 열 계획이라고 했다. 나폴레옹은 복서가 가장 좋아했던 두 개의 좌우명, "내가 더 열심히 일하자"와 "나폴레옹은 언제나 옳다"를 상기시키고, 이를 모든 동물이 자신의 좌우명으로 삼으면 좋겠다는 말로 연설을 끝냈다.

추모 연회가 열리는 날, 윌링던에서 온 식료품 가게의 짐마차 한 대가 농가에 큰 나무 상자 하나를 배달했다. 그날 밤 떠들썩한 노랫소리가 들리더니 곧 격렬하게 싸우는 소리가 났고, 11시쯤에 와장창 유리 깨지는 소리와 함께 잠잠해졌다. 다음 날 정오가 될 때까지 농가에서는 돼지 한 마리도 꿈쩍

하지 않는 것 같았다. 그리고 돼지들이 어딘가에서 위스키 한 상자를 더 사들일 돈을 구했다는 소문이 돌았다.

제10장

　세월이 흘렀다. 계절은 왔다 가고, 짧은 동물들의 생애가 스치듯 지나갔다. 클로버, 벤저민, 큰까마귀 모지스, 그리고 몇몇 돼지를 제외하고는 반란 이전의 옛 시절을 기억하는 동물은 아무도 없는 시대가 찾아왔다.

　뮤리얼이 죽었고, 블루벨, 제시, 핀처도 죽었다. 존스도 죽었다. 그는 다른 지방의 알코올 중독자 보호소에서 눈을 감았다. 스노볼은 잊혔다. 복서도 그를 기억하는 몇몇에게 말고는 역시 잊혔다. 클로버는 이제 관절이 굳어지고 눈에서 분비물이 흘러내리는 늙고 뚱뚱한 암말이었다. 그녀는 은퇴 연령을 2년이나 넘겼지만 농장에서 진짜로 은퇴한 동물은 한 마리도 없었다. 은퇴한 동물들을 위해 목초지 한구석을 따로 떼어놓자는 이야기는 이미 사라진 지 오래였다. 나폴레옹은 이제 몸

무게가 24스톤*에 달하는 성숙한 수퇘지였다. 스퀼러는 너무 살이 쪄서 제대로 눈을 뜰 수 없을 정도였다. 오직 벤저민 영감만이 예전과 거의 똑같았는데, 주둥이가 조금 더 회색으로 변한 것과 복서의 죽음 이후 더 시무룩해지고 말수가 줄어든 것만 빼고는 그랬다.

이제 농장에는 예전보다 더 많은 동물이 있었지만, 초기에 예상했던 것만큼 증가 폭이 크지는 않았다. 많은 동물이 새로 태어났지만 그들에게 반란이란 그저 입에서 입으로 전해지는 희미한 전통에 불과했으며, 다른 곳에서 팔려 온 동물들은 농장에 오기 전까지 그런 이야기를 들어본 적도 없었다. 이제 농장에는 클로버 외에 말 세 마리가 더 있었다. 그들은 몸이 훌륭했고 성실한 일꾼이자 좋은 동지였지만 매우 우둔했다. 그들 중 누구도 알파벳 B 이상을 깨치지 못했다. 그들은 반란과 동물주의의 원칙에 대해 듣고 모든 것을 그대로 받아들였지만(특히 자신들이 부모처럼 섬기는 클로버에게서 들을 때는 더욱), 그것을 얼마나 이해했는지는 의심스러웠다.

농장은 이제 더 번창했고 조직도 잘 되어 있었다. 필킹턴 씨에게서 밭 두 군데를 사들여 규모도 더 커졌다. 풍차는 마침내 성공적으로 완공되었고, 농장은 자체적으로 탈곡기와

---

* 24스톤은 약 152킬로그램을 의미한다.

대형 건초 창고를 소유했으며, 다양한 새 건물들도 추가로 들어섰다. 휨퍼도 이륜마차를 한 대 장만했다. 하지만 풍차는 결국 전력을 생산하는 데 사용되지 않았다. 대신 곡물을 빻는 데 사용되어 상당한 수익을 올렸다. 동물들은 또 다른 풍차를 짓기 위해 열심히 일했고, 이것이 완성되면 그때는 발전기가 설치될 거라고 했다. 그러나 스노볼이 동물들에게 꿈꾸게 했던 사치, 전등이 설치되고 냉온수가 나오는 우리와 주 삼일제 같은 것들은 더 이상 언급되지 않았다. 나폴레옹은 이러한 사상이 동물주의 정신에 위배된다고 비난했다. 진정한 행복이란 열심히 일하고 검소하게 사는 데 있다고 그는 말했다.

왜 그런지는 모르겠지만, 농장은 더 부유해졌는데 동물들은 부유해지지 않은 것 같았다. 물론 돼지와 개는 예외였다. 어쩌면 돼지들과 개들이 너무 많은 것도 부분적으로는 이유가 되었을 것이다. 이들이 자기 방식대로 일을 하지 않는 것은 아니었다. 스퀼러가 지치지 않고 설명하듯 농장을 감독하고 조직하는 업무에는 끝이 없었다. 이 일의 대부분은 무지한 다른 동물들이 이해하기에는 너무 벅찬 종류의 것이었다. 예를 들어 스퀼러는 돼지들이 '파일', '보고서', '회의록', '각서' 같은 정체불명의 문서를 만드는 데 매일 엄청난 노동력을 쏟아붓고 있다고 말했다. 이것들은 글씨가 빼곡하게 적힌 커다란 종이 서류들이었고, 글자가 다 채워지면 곧바로 아궁이에서 소각되었다. 이는 농장의 복지를 위해 가장 중요한 일이라고 스퀼러는 말했다. 그러나 여전히 돼지나 개는 어떤 식량도 자신의 노동을 통해 생산하지 않았고, 머릿수는 아주 많았으며, 식욕은 항상 좋았다.

다른 동물들의 삶은, 그들이 아는 한, 예전이나 지금이나 늘 똑같았다. 항상 배고프고, 짚 더미에서 잠을 자며, 웅덩이에서 물을 마시고, 들판에서 일을 했다. 겨울에는 추위에 떨었고 여름에는 파리 떼에 시달렸다. 때때로 나이 많은 동물들은 희미한 기억을 더듬어 존스가 쫓겨난 지 얼마 되지 않았던 반란 초기의 삶이 지금보다 좋았는지 나빴는지를 비교해보려 했다. 하지만 기억이 나지 않았다. 모든 것이 점점 더 좋아지고 있다는 것을 변함없이 보여주는 스퀼러의 통계 숫자 말고는, 지금의 삶과 비교해볼 만한 것이 아무것도 없었다. 동물들은 이 문제를 해결할 수 없다는 걸 깨달았다. 어쨌든 지금은 그런 것들에 매달릴 시간이 없었다. 오직 벤저민 영감만이 자신은 기나긴 삶의 모든 일을 낱낱이 기억하고 있으며, 모든 것은 결코 더 좋아지지도 나빠지지도 않게 마련이고, 배고픔과 고난과 실망은 모든 생명에게 주어진 불변의 법칙이라고 힘주어 말했다.

그러나 동물들은 결코 희망을 포기하지 않았다. 무엇보다 동물 농장의 일원이라는 명예와 특권을 단 한 순간도 잊지 않았다. 그들의 농장은 여전히 카운티를 통틀어, 아니 영국 땅 전역에서 동물들이 소유하고 운영하는 유일한 농장이었다. 그들 모두가, 심지어 어린 새끼들이나 15킬로미터, 30킬로미터 떨어진 농장에서 새로 들여온 동물들까지도 이 사실에 거듭 경탄하지 않을 수 없었다. 총이 발사되는 소리를 듣고, 초록 깃발이 게양대 끝에서 펄럭이는 것을 보고 있노라면 그들의 마음은 한없는 자부심으로 부풀어 올랐고, 이야기는 언제나 영웅적인 시절, 존스를 추방하고 일곱 계명을 만들고 침략자 인간들을 물리친 위대한 전투들이 있었던 그 시절로 돌아갔다. 오랜 꿈 중 어느 하나도 버려지지 않았다. 영국의 푸른 들판이 더 이상 인간들의 발에 짓밟히지 않게 될 날에 찾아올, 메이저가 예언했던 동물 공화국을 그들은 여전히 믿고 있었다. 언젠가 그날은 올 거였다. 당장은 아닐지라도, 지금 살아 있는 동물의 생전에는 오지 않을지라도 여전히 그날은 오고야 말 것이었다. 어쩌면 동물들은 여기저기서 〈영국의 짐승들〉을 비밀스럽게 흥얼거리고 있을지 몰랐다. 누구도 감히 큰 목소리로 부르지는 못했지만, 어쨌든 농장의 모든 동물이 그 노래를 알고 있다는 건 분명한 사실이었다. 비록 그들의 삶은 고달프고 모든 희망이 이뤄지지도 못했지만, 동물들은 자신들이 여타의 동물들과는 다르다고 느꼈다. 굶주린다고 해도 그건 독재자 인간을 먹여 살리기 위해서가 아니었다. 열심히 일한다고 해도 그건 적어도 자신들을 위한 일이었다. 그들 중 어떤 동물도 두 발로 걷지 않았다. 어떤 동물도 다른 동물을 '주인님'이라고 부르지 않았다. 모든 동물은 평등했다.

초여름 어느 날, 스퀼러는 양들에게 자신을 따르라고 명령한 뒤 어린 자작나무들이 무성한 농장 반대편의 황무지로 데려갔다. 양들은 그곳에서 스퀼러의 감독 아래 하루 종일 나뭇잎을 뜯어 먹으며 시간을 보냈다. 저녁이 되자 스퀼러는 농가로 혼자 돌아왔지만, 양들에게는 날씨가 따뜻하니 거기 계속 머물러 있으라고 말했다. 결국 양들은 일주일 내내 그곳에 머물렀고, 그동안 다른 동물들은 양들을 전혀 보지 못했다. 스퀼러는 매일 대부분의 시간을 양들과 함께했다. 그는 양들에게 새로운 노래를 가르치고 있었는데, 보안 유지가 필요하다고 했다.

양들이 돌아온 직후, 동물들이 일을 마치고 농장으로 돌아오던 기분 좋은 저녁이었다. 마당에서 겁에 질린 말의 울음소리가 들렸다. 깜짝 놀란 동물들은 가던 길을 멈췄다. 클로버의 목소리였다. 클로버가 다시 비명을 지르자 모든 동물이 서둘러 마당으로 달려왔다. 그리고 그들도 클로버가 본 광경을 보게 되었다.

돼지 한 마리가 두 발로 서서 걷고 있었다.

그랬다, 스퀼러였다. 상당한 체중을 지탱하는 자세가 익숙지 않은 듯 조금 어색해 보이기는 했지만, 그는 완벽한 균형을 유지하며 마당을 가로질러 걸어가고 있었다. 잠시 후 농가 밖으로 돼지 한 무리가 길게 줄지어 나왔는데 그들은 모두 두 발, 그러니까 뒷다리만으로 걷고 있었다. 몇몇은 다른 돼지보다 더 잘 걸었고, 한두 마리는 조금 불안정해서 지팡이가 필요해 보였지만, 모두 성공적으로 마당을 한 바퀴 돌았다. 그리고 마침내 무시무시한 개 짖는 소리와 검은 수탉의 날카로운 울음소리가 들리더니, 주위를 도는 개들과 함께 나폴레옹이 위엄 있는 모습으로 꼿꼿이 서서 좌우로 거만한 눈빛을 던지며 등장했다.

그는 앞발에 채찍을 들고 있었다.

쥐 죽은 듯한 침묵이 흘렀다. 놀라고 겁에 질린 동물들은 서로 한데 모여 돼지들이 긴 행렬을 지어 마당을 천천히 돌고 있는 광경을 지켜보았다. 마치 온 세상이 뒤집힌 것 같았다. 첫 번째 충격이 어느 정도 가시자 이 모든 것(개들에 대한 공포와 어떤 일이 일어나도 결코 불평하거나 비판하지 않는, 오랜 세월 길러진 습관)에도 불구하고, 그들에게 항의의 말 몇 마디를 할 수 있는 순간이 찾아왔다. 하지만 바로 그 순간, 마치 누가 신호라도 보낸 듯 모든 양이 일제히 엄청난 소리로 외치기 시작했다.

"네발은 좋고, 두 발은 **더** 좋다! 네발은 좋고, 두 발은 **더** 좋다! 네발은 좋고, 두 발은 **더** 좋다!"

외침은 오 분 동안 멈추지 않고 계속되었다. 양들이 조용해졌을 때는 이미 돼지들이 다시 농가로 들어가버린 뒤라 더 이상 항의할 기회는 없었다.

벤저민은 누가 자기 어깨에 코를 문지르는 걸 느꼈다. 돌아보니 클로버였다. 그녀의 늙은 눈이 그 어느 때보다도 흐릿해 보였다. 클로버는 아무 말 없이 벤저민의 갈기를 부드럽게 잡아당기며 일곱 계명이 적힌 커다란 축사 끝으로 그를 이끌었다. 잠깐 동안 그들은 흰 글씨가 새겨진 벽을 바라보며 서 있었다.

"시력이 점점 나빠지고 있어요." 마침내 그녀가 말했다. "하긴 젊었을 때도 저기 적힌 내용을 읽지 못했지만요. 하지만 지금 저 벽은 다르게 보이는 것 같아요. 일곱 계명이 예전 그대로 있는 건가요, 벤저민?"

벤저민은 이번 한 번만큼은 자신의 규칙을 깨기로 하고, 벽에 적힌 내용을 읽어주었다. 이제 벽에는 단 한 가지 계명 외에는 아무것도 없었다.

모든 동물은 평등하다.

그러나 어떤 동물은 다른 동물보다 더욱 평등하다.

이 일이 있고 나서, 다음 날부터 농장 일을 감독하는 돼지들이 모두 앞발에 채찍을 들고 있는 것이 이상하게 보이지 않았다. 돼지들이 라디오를 사들이거나, 전화기를 설치하거나, 《존 불》이나 《팃비츠》 혹은 《데일리 미러》•를 구독하는 것 역시 이상해 보이지 않았다. 나폴레옹이 파이프를 물고 농가 정원을 거니는 모습이 눈에 띄어도, 아니 심지어 돼지들이 존스 씨의 옷장에서 옷을 꺼내 입어도, 나폴레옹이 검은색 코트에 반바지 사냥복과 가죽 각반 차림으로 나타나도, 그가 가장 좋아하는 암돼지가 존스 부인이 일요일마다 입던 물결무늬 실크 드레스를 입고 나타나도 이상해 보이지 않았다.

그로부터 일주일이 지난 어느 오후, 이륜마차 여러 대가 농장으로 몰려왔다. 이웃 농장주 대표단이 동물 농장을 둘러보기 위해 초대된 것이었다. 그들은 농장 곳곳을 둘러보며 보는

• 모두 영국의 대중적인 출판물로, 당시 영국 사회의 언론 환경을 사실적으로 반영한다. 각각의 특징을 살피자면 《존 불》은 보수적이고 민족주의적인 색채가 짙은 주간지, 《팃비츠》는 가벼운 읽을거리 중심의 대중잡지, 《데일리 미러》는 지금까지 발간되고 있는 좌파 성향의 대중적이고 선정적인 타블로이드 신문이다. 돼지들이 인간들이 보는 대중매체를 접한다는 표면적인 풍자에 더불어 해석을 더해보자면, 다른 동물들을 선전 선동하는 돼지 역시 언젠가 다른 인간에게 똑같이 당하는 처지가 될 수 있음을 암시하는 장치로 보이기도 한다. 오웰은 자신의 소설과 에세이 등을 통해 이러한 매체들이 대중을 단순한 정보 소비자로 만들거나 선동하는 역할을 할 수 있다고 꾸준히 경계했으며, 이 문제의식은 그의 다음 작품이자 마지막 소설 《1984》에서 묘사되는 신문과 가짜 뉴스, 신어(Newspeak), 진실과 사실의 조작과 통제 등을 통해 디스토피아적으로 심화된다.

것마다 감탄을 아끼지 않았다. 특히 풍차에 대해서 그랬다. 동물들은 순무 밭에서 잡초를 뽑고 있었다. 그들은 돼지들과 인간 방문객 중 어느 쪽을 더 무서워해야 할지 몰라 그저 고개를 땅에 처박은 채 묵묵히 일만 했다.

그날 저녁 농가에서는 커다란 웃음소리와 시끄러운 노랫소리가 흘러나왔다. 그리고 동물과 인간의 목소리가 뒤섞여 들리자 동물들은 갑자기 호기심에 사로잡혔다. 처음으로 동물과 인간이 평등하게 만나고 있는 그 자리에서, 과연 지금 무슨 일이 벌어지고 있는 걸까? 그들은 한마음으로 모여 최대한 조용하게 농가 정원 안으로 기어들어 가기 시작했다.

대문 앞에서 그들은 덜컥 겁이 나는 바람에 잠시 멈춰 섰지만, 클로버가 앞장서서 안으로 들어갔다. 그들은 살금살금 집으로 다가갔는데, 키가 큰 동물들은 식당 창문을 통해 안을 들여다볼 수 있었다. 기다란 식탁에 농장주 여섯 명과 고위급 돼지 여섯 마리가 빙 둘러앉았고, 나폴레옹 자신은 식탁 머리의 상석을 차지하고 있었다. 의자에 앉은 돼지들의 모습은 더없이 편안해 보였다. 이들은 카드 게임을 즐기고 있다가 건배를 하기 위해 잠시 쉬는 중인 듯했다. 큼직한 술 단지가 돌았고 빈 잔마다 맥주가 채워졌다. 창문 밖에서 바라보고 있는 동물들의 놀란 얼굴을 누구도 눈치채지 못했다.

폭스우드 농장의 필킹턴 씨가 맥주잔을 손에 들고 일어섰다. 그는 곧 참석자들에게 건배를 청할 생각인데, 그 전에 몇 마디 꼭 하고 싶은 말이 있다고 했다.

그는 오랜 불신과 오해의 시기가 끝났다는 사실에 큰 만족감을 느낀다면서, 여기 참석한 다른 사람들도 분명 마찬가지일 거라고 확신한다는 말로 이야기를 시작했다. 과거 한때에는, 물론 자신이나 오늘 함께한 분들은 그런 감정을 느낀 적이 없지만, 동물 농장의 존경받는 경영자들이 인간 이웃들로부터 적대감까지는 아니더라도 어느 정도 염려 어린 시선을 받았던 때가 있었다, 불행한 사건들이 발생했고 오해가 퍼지기도 했다, 돼지들이 소유하고 운영하는 농장의 존재 자체가 어딘지 비정상적이며 이웃 농장에 좋지 않은 영향을 미칠 수 있다고 느껴졌다, 너무 많은 농장주가 제대로 알아보지도 않고 그런 농장에는 방종과 무질서가 판을 칠 거라 예단했다, 그들은 이것이 자신들의 동물이나 심지어는 인간 직원들에게까지 영향을 미칠까 걱정하고 불안해했다, 그러나 이제 그런 의구심은 모두 사라졌다, 오늘 자신과 친구들이 동물 농장을 방문해 직접 눈으로 구석구석을 다 살펴보고 무엇을 발견했을까? 가장 현대적인 경영 방식뿐만 아니라 모든 농장의 모범이 되어야 마땅한 규율과 질서를 발견했다, 동물 농장의 하층 동물들은 우리 카운티의 어떤 동물보다도 더 많은 일을 하면서 더 적은 양의 사료를 먹는다고 자신 있게 말할 수 있다, 실제로 오늘 자신과 동료 방문객들은 수많은 장점을 직접 보았고, 이를 자신들의 농장에도 즉시 도입할 작정이다.

그는 동물 농장과 이웃 농장들 사이에 이미 존재하고 또 앞으로도 계속 존재해야 할 우호적인 감정을 다시 한번 강조하며 말을 마칠까 한다고 했다. 돼지와 인간 사이에는 어떤 이해관계도 충돌하지 않았고, 그럴 필요도 없다, 우리의 분투와 우리의 어려움은 하나다, 노사문제는 어디서나 다 똑같지 않은가? 이쯤에서 필킹턴 씨는 좌중을 향해 신경 써서 준비해 온 재치 있는 말을 던지려는 것이 분명해 보였지만, 그 재미에 먼저 취한 나머지 잠시 말을 잇지 못했다. 여러 겹의 턱살이 보라색으로 변할 만큼 숨이 막힌 후에야 그는 겨우 말을 꺼낼 수 있었다. "만약 여러분에게 싸워야 할 하층 동물이 있다면." 그가 말했다. "우리에겐 하층계급이 있습니다!" 이 재치 있는 말 덕분에 좌중은 식탁이 떠나갈 듯 웃음을 터뜨렸다. 필킹턴 씨는 한 번 더 동물 농장에서 목격한 적은 사료 배급량, 긴 노동시간, 오냐오냐하지 않는 전반적인 분위기에 관해 돼지들에게 찬사를 보냈다.

그런 다음 그는 마지막으로 모두 자리에서 일어나 각자 잔을 가득 채워달라고 부탁했다. "여러분." 필킹턴 씨가 끝으로 말했다. "여러분, 건배합시다. 동물 농장의 번영을 위하여!"

열광적인 환호성과 발 구르기가 이어졌다. 나폴레옹은 너무 기분이 좋은 나머지 자리를 박차고 일어나 식탁을 빙 돌아가서는 필킹턴 씨의 잔에 자신의 잔을 쨍 부딪치고 쭉 들이켰다. 환호성이 잦아들자 여전히 서 있던 나폴레옹이 자신도 몇 마디 하고 싶은 말이 있음을 내비쳤다.

나폴레옹의 연설이 늘 그렇듯 이번에도 그의 말은 짧고 분명했다. 그는 자신 역시 오해의 시기가 끝나서 기쁘다고 말했다. 그간 자신과 동지들의 사상이 전복적이고 심지어는 혁명적이기까지 하다는 소문(악의를 품은 적이 이를 퍼뜨렸다고 생각할 만한 이유가 있었다)이 오랫동안 나돌았다, 이웃 농장의 동물들을 부추겨 반란을 일으키려 했다는 혐의까지 받았다, 그러나 이는 사실과 전혀 다른 이야기다! 예전이나 지금이나 우리의 유일한 소망은 이웃들과 정상적인 비즈니스 관계를 유지하며 평화롭게 사는 것이다, 영광스럽게도 자신이 관리하는 이 농장은 협동조합이며, 그가 소유하고 있는 권리 증서는 돼지들의 공동소유라고 덧붙였다.

그는 지난날의 의혹이 여전히 남아 있다고 생각하지는 않지만, 최근 들어 농장의 일상에 몇 가지 변화가 생겼기 때문에 이는 상호 간의 신뢰를 더욱 증진하는 효과가 있을 거라고 말했다. 지금까지 우리 농장의 동물들은 서로를 '동지'라고 부르는 다소 어리석은 관습을 지키고 있었다, 이것은 앞으로 금지될 것이다, 또한 기원은 알 수 없으나 일요일 아침마다 정원의 기둥에 못을 박아 걸어둔 수퇘지의 두개골 앞을 행진하는 기이한 풍습이 있었는데, 이것 역시 금지될 것이다. 두개골은 이미 땅에 파묻어버렸다. 방문객 여러분은 게양대 꼭대기에서 펄럭이는 초록 깃발을 보셨을 텐데, 그렇다면 아마도 예전에 거기 그려져 있던 흰 발굽과 뿔 그림이 사라졌다는 걸 알아차렸을 것이다. 이제부터는 아무 무늬도 없는 녹색 깃발을 사용할 예정이다.

그는 필킹턴 씨의 훌륭하고 우호적인 연설에 딱 한 가지 지적할 것이 있다고 말했다. 필킹턴 씨는 말하는 내내 이곳을 '동물 농장'이라고 불렀는데, 이제 '동물 농장'이라는 이름은 폐기되었다. 물론 이것은 내가 지금 처음 공표하는 것이기 때문에 그는 모를 수밖에 없었을 것이다. 앞으로 우리 농장은 '매너 농장'으로 불릴 것이고, 이것이야말로 정확하고 올바른 본래 이름이다.

"여러분." 나폴레옹은 끝으로 말했다. "저도 조금 전과 같은 건배사를 하겠지만, 방식은 조금 다릅니다. 잔을 가득 채워주시기 바랍니다. 여러분, 건배합시다. 매너 농장의 번영을 위하여!"

전과 마찬가지로 열렬한 환호성이 터져 나왔고, 술잔은 맨 아래 찌꺼기까지 다 비워졌다. 하지만 밖에서 그 광경을 지켜보던 동물들은 뭔가 이상한 일이 벌어지고 있는 것만 같았다.

돼지들의 얼굴이 달라진 것 같은데 뭐가 변한 걸까? 클로버는 늙고 침침한 눈으로 이 돼지 저 돼지의 얼굴을 살폈다. 어떤 돼지는 턱이 다섯 개, 어떤 돼지는 네 개, 어떤 돼지는 세 개였다. 녹아서 변하는 것처럼 보인 건 무엇이었을까? 박수가 그치자 일행은 카드를 집어 들어 중단되었던 게임을 계속했고, 동물들은 조용히 그곳을 빠져나왔다.

그러나 그들은 20미터도 채 가지 못하고 멈춰 섰다. 농가에서 떠들썩한 목소리들이 들려왔다. 그들은 서둘러 돌아와 다시 창문으로 안쪽을 들여다보았다. 그랬다, 격렬한 다툼이 벌어지고 있었다. 고함을 지르고, 식탁을 내리치고, 의심에 찬 날카로운 눈빛을 보내고, 분노에 차서 그게 아니라고 말하고 있었다. 나폴레옹과 필킹턴 씨가 동시에 스페이드 에이스를 내놓은 것이 문제였다.

열두 개의 목소리가 화를 내며 소리를 지르고 있었는데, 목소리들은 모두 비슷했다. 이제 돼지들의 얼굴에 무슨 일이 일어났는지는 의심의 여지가 없었다. 바깥의 동물들은 돼지를 보았다가 인간을 보고, 다시 인간을 보았다가 돼지를 보고, 또다시 돼지를 보았다가 인간을 보았지만, 이미 어느 쪽이 인간이고 어느 쪽이 돼지인지 분간할 수 없었다.

부록

우리는 살아가네

오시프 만델시탐

우리는 살아가네, 발밑에 나라를 느끼지 못한 채로,
우리의 말은 열 걸음 밖에서는 들리지 않고,
절반만이라도 대화를 나누려 하면
크렘린의 산골 출신이 떠오르지.
그의 굵은 손가락은 벌레처럼 기름지고
그의 말은 천근만근으로 하달되고
바퀴벌레 같은 두 눈은 비웃음을 흘리고
그의 장화는 번쩍이네.

그의 주위에는 가냘픈 목의 졸개 무리
그는 절반만 사람인 자들의 시중을 받네.
누군가는 휘파람을 불고, 누군가는 야옹거리고, 누군가는
흐느끼는데
그만이 혼자 지껄이고 지시하지.
누구는 사타구니에, 누구는 이마에, 누구는 눈썹에, 누구는
눈에
편자를 박아 넣듯, 그는 명령에 명령을 내리고

그에게 처형이란 산딸기 같은 것
그리고 오세트인의 넓은 가슴.

이장욱(시인·소설가) 옮김

- 번역 대본으로는 Осип Мандельштам, *Сочинения Том первый* (Художественная литература, 1990)를 사용했다.

- 원래 이 시는 제목 없이 지하 출판을 통해 유통되었으며, 유통 과정에서 다른 이들에 의해 '크렘린의 산골 출신', '스탈린 에피그램', '스탈린' 등의 제목이 달리기도 했다. 제목이 없는 시의 경우 첫 구절을 제목으로 삼는 관례에 따라 '우리는 살아가네'를 가제로 차용했다.

- '크렘린의 산골 출신'은 직역하면 '크렘린의 산사람(кремлёвский горец)'으로, 스탈린의 출신 지역이 산악 지대인 그루지야(현 조지아)임을 풍자, 비하하고 있다. '그루지야'는 만델시탐이 시를 쓴 당시의 표기이며, 현재는 '조지아'라는 국가명으로 통용된다. 역사적으로는 남오세티아와 관련되어 마지막 행에 '오세트인'이라는 표현이 등장한다.

표현의 자유[●]

이 책은 핵심 아이디어만 놓고 보자면 1937년에 처음 구상되었지만, 실제로 글로 옮긴 것은 1943년 말쯤이었습니다. 글을 쓸 무렵(책이라고 부를 수 있는 것은 뭐든지 '팔리는' 요즘 같은 책 부족 상황에도 불구하고) 이 책의 출간에 큰 어려움이 따를 것은 분명했습니다. 실제로 네 곳의 출판사에서 출간을 거절당했는데, 이 중 이념적인 이유를 든 곳은 단 한 곳뿐이었습니다. 그중 두 출판사는 수년간 반(反)러시아 서적을 출판해온 곳이었고, 나머지 한 곳은 뚜렷한 정치적 성향이 없었습니다. 한 출판사는 처음엔 출판을 수락했지만 사전 준비를 마

[●] 조지 오웰이 《동물 농장》 초판의 서문으로 썼지만 알 수 없는 이유로 실리지 못했고, 1972년에 이르러서야 공개되었다.

친 뒤 정보부에 자문을 구하기로 결정했고, 정보부는 이 책의 출판을 하지 말라고 경고했거나 최소한 강하게 만류한 것으로 보입니다. 다음은 그 출판사가 보낸 편지에서 발췌한 내용입니다.

> 제가 《동물 농장》에 관해 정보부의 한 고위 관계자에게서 들은 반응을 전한 바가 있지요. 솔직히 말씀드리자면 그 의견을 듣고 심각하게 고민하게 되었습니다…… 이제 와서 생각해보니, 이 책을 지금 시점에 출판하는 것은 매우 부적절한 일로 여겨질 수 있다는 점이 이해됩니다. 이 우화가 일반적인 독재자들과 독재 체제 전반을 겨냥하고 있었다면 출간에 무리가 없었을 것입니다. 하지만 지금 보니 이 이야기는 러시아 소비에트와 두 명의 독재자가 걸어온 과정을 지나치게 충실하게 따르고 있어서, 결과적으로 다른 독재 정권들은 배제한 채 오직 러시아만을 지목하고 있습니다. 또 한 가지는 이야기 속 지배계급이 돼지라는 설정이 불쾌감을 줄 수 있다는 점입니다.● 지배계급으로 돼지를 택한 것은 분명 많은 이에게, 특히 다소 예민한 사람들, 그러니까 의심의 여지 없이

● 이 수정 제안이 ○○ 씨의 개인적인 생각인지, 아니면 정보부에서 나온 것인지는 명확하지 않습니다만, 이것은 공식적인 성격을 띠고 있는 듯합니다(원주).

러시아인들에게 불쾌감을 줄 거라 생각합니다.

이것은 좋은 징후가 아닙니다. 정부 부처가 공식적으로 후원하지 않는 책에 대해 어떤 형태로든 검열 권한을 가진다는 것은(전시 중 누구도 이의를 제기하지 않는 보안상의 검열을 제외하고) 명백히 바람직하지 않습니다. 그러나 지금 이 시점에서 사상과 표현의 자유에 가장 큰 위협이 되는 것은 정보부나 다른 어떤 공식 기관의 직접적인 개입이 아닙니다. 출판사나 편집자들이 특정 주제를 다룬 원고를 출간하지 않으려는 것은, 기소가 두려워서가 아니라 여론이 두렵기 때문입니다. 이 나라에서 작가나 언론인이 직면하는 가장 큰 적은 '지적 비겁함'이며, 저는 이 사실에 대해 마땅히 충분한 논의가 이루어지지 않았다고 생각합니다.

누구든 저널리즘 경험이 있는 공정한 사람이라면 이번 전쟁 동안 '공식적인' 검열이 그리 억압적이지 않았다는 점을 인정할 것입니다. 우리가 예측했던 전체주의적 '조정'은 실제로는 이루어지지 않았습니다. 언론이 제기할 수 있는 정당한 불만이 전혀 없었던 것은 아니지만, 전반적으로 정부는 적절히 대응했고 소수 의견에 대해서도 놀라울 만큼 관용적인 태도를 보여왔습니다. 영국의 문학 검열과 관련해 가장 불길한 사실은 그것이 대부분 자발적으로 이루어진다는 점입니다.

공식적인 금지 조치 없이도 인기 없는 사상은 침묵당할 수 있고, 불편한 사실은 숨겨질 수 있습니다. 외국에서 오래 살아본 사람이라면 누구나, 그 자체로 충분히 헤드라인을 장식할 만한 충격적인 뉴스가 영국 언론에서는 완전히 배제되는 사례를 알고 있을 것입니다. 이는 정부의 개입 때문이 아니라 특정 사실을 언급하는 것이 '적절치 않다'는 암묵적인 합의가 존재하기 때문입니다. 일간지의 경우라면 이는 쉽게 이해할 수 있습니다. 영국의 언론은 극도로 중앙 집중화되어 있고, 대부분의 매체가 특정한 중대 사안에 대해 진실을 외면할 충분한 유인을 가진 부유한 인사들의 소유이기 때문입니다. 하지만 이와 같은 은밀한 형태의 검열은 책이나 정기간행물은 물론 연극, 영화, 라디오에서도 동일하게 작동합니다. 어느 시대든 올바른 생각을 하는 사람이라면 의심 없이 받아들일 만한 정설이 존재합니다. 이렇게 말하거나 저렇게 말하는 것이 정확히 금지된 건 아니지만, '적절치 않은' 일입니다. 마치 빅토리아 시대 중반에 여성 앞에서 바지를 언급하는 일이 '적절치 않은' 것처럼요. 이러한 지배적인 정설에 도전하는 사람은 누구든 놀라울 정도로 효과적으로 침묵당하게 됩니다. 진정으로 유행에 뒤떨어진 의견은 대중 언론은 물론 고상한 정기간행물에서도 거의 제대로 다뤄지지 않습니다.

지금 이 순간 지배적인 정설이 요구하는 것은 소비에트 러시아에 대한 무비판적인 찬사입니다. 모두가 이 사실을 알고 있으며, 거의 모든 이가 여기에 따르고 있습니다. 소비에트 정권에 대한 진지한 비판이나 소비에트 정부가 감추고 싶어 하는 사실의 폭로는 인쇄 자체가 거의 불가능한 일입니다. 그리고 우리의 동맹국을 치켜세우려는 이 전국적인 공모는 아이러니하게도 진정한 지적 관용이라는 배경 속에서 벌어지고 있습니다. 소비에트 정부를 비판하는 일은 허용되지 않지만, 적어도 우리 정부에 대한 비판은 비교적 자유롭기 때문입니다. 스탈린을 비판하는 글은 거의 출판되지 않지만, 책이나 정기간행물에서 처칠을 공격하는 것은 꽤 안전합니다. 그리고 우리가 국가의 생존을 걸고 싸우던 2~3년을 포함한 전쟁 기간 5년 동안, 타협적 평화를 옹호하는 수많은 책, 팸플릿, 기사가 아무런 방해 없이 출판되었습니다. 나아가 그것들은 별다른 비난조차 받지 않고 출간되곤 했지요. 소련의 위신이 걸려 있지 않는 한 표현의 자유라는 원칙은 꽤 잘 유지되어왔던 셈입니다. 물론 다른 금기 주제들도 있고, 그중 일부는 나중에 언급하겠지만, 소련에 대한 현재의 지배적인 태도는 그중에서도 가장 심각한 증상입니다. 이는 자발적인 현상이며 어떤 특정한 압력단체의 행동 때문이 아닙니다.

1941년 이후 영국 지식인 다수가 러시아의 선전을 아무 비판 없이 받아들이고 되풀이한 모습은, 그들이 과거에도 여러 차례 비슷한 행동을 하지 않았다면 실로 놀랄 만한 일이었을 것입니다. 논란이 되는 사안마다 러시아의 관점은 별다른 검토 없이 수용되었고, 역사적 진실이나 지적 품위는 완전히 무시한 채 공론화되었습니다. 한 가지만 예로 들자면, BBC는 붉은 군대 창설 25주년을 기념하면서 트로츠키에 대해 단 한마디도 언급하지 않았습니다. 이는 넬슨 제독 없이 트라팔가르 해전을 기념하는 것과 마찬가지로 어처구니없는 일이었지만, 영국 지식인 사회에서 이에 대한 항의의 목소리는 전혀 나오지 않았습니다. 여러 점령국에서 벌어진 내분에서도 영국 언론은 거의 모든 경우 러시아가 지지하는 진영의 편을 들고 반대 진영을 비방했으며, 때로는 이를 위해 물적증거를 은폐하기도 했습니다. 특히 두드러지는 사례는 유고슬라비아 체트니크의 지도자 미하일로비치 대령의 경우입니다. 러시아는 자국이 후원하는 인물인 티토 원수를 지지했기 때문에 미하일로비치를 독일군과 협력한 자라고 비난했습니다. 이 비난은 영국 언론에 의해 즉시 받아들여졌고, 미하일로비치 측의 반론은 기회조차 주어지지 않았으며, 이를 반박하는 사실들은 아예 보도되지 않았습니다. 1943년 7월, 독일군은 티토의 생포에 금화 10만 크라운의 현상금을 걸었습니다. 미하일로비치 생포에도 비슷한 현상금을 걸었어요. 영국 언론은 티토에 대한 현상금을 '대서특필'했지만, 미하일로비치에 대

한 현상금은 단 하나의 신문에서만 (그것도 작은 글씨로) 언급
될 뿐이었습니다. 그리고 독일군에게 협력했다는 혐의는 계
속 이어졌습니다. 스페인 내전 당시에도 유사한 일이 벌어졌
습니다. 당시 러시아가 제거하려 했던 공화파 내 특정 세력은
영국 좌파 언론에 의해 거침없이 중상모략당했고, 그들을 옹
호하는 발언은 어떤 것이든, 심지어 편지 형식조차도 게재가
거부되었습니다. 현재는 소련에 대한 진지한 비판이 단지 비
난받을 일로 여겨지는 데 그치지 않고, 어떤 경우에는 그러한
비판이 존재한다는 사실 자체가 비밀에 부쳐지기까지 합니
다. 예를 들어 트로츠키는 죽기 직전에 스탈린의 전기를 썼습
니다. 물론 이 책이 전적으로 객관적이었다고 보기는 어렵겠
지만, 상업적으로는 분명 가치 있었습니다. 어느 미국 출판사
가 이 책의 출간을 준비했고, 이미 인쇄 단계에 있었으며, 리
뷰용 가제본이 발송되었을 거라 추정됩니다. 그러나 소련이
전쟁에 참전하자마자 이 책은 출간이 철회되었습니다. 이 사
건에 대해 영국 언론은 지금까지 단 한마디도 보도하지 않았
습니다. 하지만 그러한 책의 존재와 그 탄압은 명백히 몇 단
락을 할애할 만한 뉴스거리였습니다.

영국에서 글을 다루는 지식인들이 자발적으로 스스로에
게 부과하는 검열과, 때때로 압력단체에 의해 시행되는 검열
은 구분되어야 합니다. 악명 높게도, 특정 주제는 '기득권' 때

문에 논의조차 되지 못하는 경우가 있습니다. 가장 잘 알려진 사례는 특허 의약품 논란입니다. 또 하나의 예로, 가톨릭교회는 언론에 상당한 영향력을 행사할 수 있으며 자신에 대한 비판을 어느 정도 잠재울 수 있습니다. 가톨릭 사제가 연루된 스캔들은 거의 보도되지 않지만, 성공회 사제가 문제를 일으키면(예컨대 스티프키 교구 목사 사건처럼) 헤드라인을 장식하게 됩니다. 가톨릭교회를 비판하거나 조롱하는 내용이 연극이나 영화에 등장하는 일도 매우 드뭅니다. 어떤 배우에게 물어봐도 가톨릭교회를 공격하거나 풍자하는 연극이나 영화는 언론의 보이콧을 당하고 결국 흥행에 실패할 가능성이 높다고 말할 것입니다. 그러나 이러한 종류의 검열은 무해하거나 적어도 이해할 수 있는 일입니다. 규모가 큰 모든 조직은 자신의 이익을 최대한 보호하려 할 것이며, 노골적인 선전 자체가 반드시 비난받을 일은 아닙니다. 《데일리 워커》가 소련에 불리한 사실을 보도할 것이라고 기대하지 않듯이 《가톨릭 헤럴드》가 교황을 비난할 것이라고도 기대하지 않습니다. 그리고 생각 있는 사람이라면 누구나 《데일리 워커》와 《가톨릭 헤럴드》가 어떤 신문인지 알고 있습니다. 걱정스러운 것은 소련과 그 정책에 관한 한 자유주의 성향의 작가나 언론인들, 즉 자신들의 견해를 왜곡하라는 직접적인 압력을 받지 않는 이들에게 지적인 비판은커녕 단순한 정직함조차 기대하기 어렵다는 점입니다. 스탈린은 신성불가침의 존재가 되었고, 그의 정책 가운데 일부는 진지하게 논의조차 해서는 안 되는 것이 되었습니다. 이 규범은 1941년 이후 거의 전면적으로 지켜졌지만, 실제로는 그보다도 훨씬 앞선 10년 동안 더 광범위하게 작동해왔습니다. 그동안 좌파 진영의 소비에트 정권 비판은 잘 들리지 않았습니다. 반러시아적인 글이 엄청나게 쏟아져 나왔지만 대부분은 보수적인 시각에서 비롯된 것이었고, 명백하게 부정직하며 시대착오적이고 불순한 동기로 작성된 것이었습니다. 반면에 친러시아 선전도 그에 못지않게 대대적으로 생산되었는데, 역시 거의 동일한 수준의 부정직함을 지니고 있었습니다. 무엇보다 중요한 문제들을 성숙한 태도로 논의하려는 이들은 철저히 배제되거나 침묵을 강요당했습니다. 반러시아 서적을 출판할 수는 있었지만, 그렇게 하면 거의 모든 고상한 매체로부터 무시당하거나 왜곡된 보도를 감수해야 했습니다. 공공연하게든 사적으로든 당신은 '그렇게 해서는 안 된다'는 경고를 받았습니다. 당신이 하는 말이 사실일 수는 있어도 그것은 '시기상 적절치 못'하며 이러저러한 반동 세력에 유리하게 작용한다는 논리였습니다. 이러한 태도는 흔히 국제 정세와 영국-러시아 간 동맹의 긴급한 필요성으로 정당화되었지만, 이는 단지 합리화일 뿐이었습니다. 영국의 지식인들, 혹은 그들 중 상당수는 소련에 대해 일종의 민족주의적 충성심을 키워왔고, 마음속으로는 스탈린의 지혜에 의문을 제기하는 것이 일종의 신성모독이라고 생각했습니다. 러시아에서 벌어진 사건과 다른 나라에서 벌어진 사건은 전혀 다른 기준으로 판단되었습니다. 1936~1938년의 대숙청 시기 동안 이어진 끝없는 처형은 평생 사형 제도에 반대해왔던 이들에게 박수갈채를 받았고, 인도에서 기근이 발생하면 보도하고 우크라이나에서 기근이 벌어지면 은폐하는 것이 똑같이 적절하다고 여겨졌습니다. 전쟁 전에도 그랬지만, 지금의 지적 분위기는 분명 더 나아지지 않았습니다.

이제 다시 제 책 이야기로 돌아가보겠습니다. 대부분의 영국 지식인이 이 책에 보일 반응은 아주 간단할 것입니다. '애초에 출간되지 말아야 했을 책이다.' 물론 누군가를 깎아내리는 데 능한 평론가들은 정치적인 이유가 아니라 문학적인 이유를 들어 이 책을 공격하겠지요. 이 책은 지루하고 어리석으며, 끔찍한 종이 낭비에 불과하다는 식으로요. 어쩌면 그 말이 사실일 수도 있겠지만, 그게 전부는 아닙니다. 단지 책이 형편없다는 이유만으로 '출간되지 말아야 했을 책'이라고까지 말하지는 않기 때문입니다. 어쨌든 매일 몇천 제곱미터나 되는 쓰레기들이 출간되지만, 아무도 신경 쓰지 않습니다. 영국의 지식인들, 혹은 그들 중 대다수는 이 책이 자신들의 지도자를 비방하고, (그들의 시각에서는) 진보의 대의에 해를 끼

친다고 보기 때문에 반대할 것입니다. 만약 이 책이 그 반대의 역할을 했다면, 소설의 문학적 결함이 지금보다 열 배나 더 컸다 하더라도 그들은 반론을 제기하지 않았을 거예요. 예를 들어 좌파 북클럽(Left Book Club)이 4~5년 동안 거둔 성공만 보더라도, 그들이 듣고 싶어 하는 메시지만 전달한다면 저급하거나 조잡한 글조차 기꺼이 용인된다는 사실을 알 수 있습니다.

여기서 쟁점은 매우 단순합니다. 아무리 인기 없는 의견이라도, 심지어 어리석은 의견이라도 모든 의견은 목소리를 낼 자격이 있는가? 이런 식으로 질문을 던지면 거의 모든 영국 지식인이 '네'라는 대답을 해야 한다고 느낄 것입니다. 하지만 질문을 구체적으로 바꿔서 '그렇다면 스탈린에 대한 비판은 어떻습니까? '그런 것'도 목소리를 낼 자격이 있을까요?'라고 묻는다면, 대답은 자주 '아니오'가 될 것입니다. 이 경우는 현재의 정설에 도전하는 것이 되기 때문에 '표현의 자유'라는 원칙은 희미해지고 맙니다. 물론 우리가 발언과 표현의 자유를 요구한다고 해서 그것이 절대적인 자유를 뜻하는 것은 아닙니다. 조직화된 사회가 지속되는 한 어느 정도의 검열은 항상 존재해야 하고, 어찌 됐든 존재할 것입니다. 하지만 로자 룩셈부르크가 말했듯이 자유란 '다른 사람을 위한 자유'입니다. 볼테르의 유명한 말에도 같은 원칙이 담겨 있습니다.

"나는 당신이 하는 말을 죽도록 싫어하지만, 당신이 그것을 말할 권리는 죽도록 옹호할 것이다." 의심의 여지 없이 서구 문명의 특징 가운데 하나였던 지적 자유가 어떤 의미를 지닌다면, 그것은 공동체에 명백한 방식으로 해를 끼치지 않는 한 누구나 자신이 진실이라고 믿는 것을 말하고 출판할 권리가 있다는 점일 것입니다. 자본주의 민주주의와 서구식 사회주의 모두 최근까지 이 원칙을 당연하게 여겨왔습니다. 앞서 언급했듯이 우리 정부 역시 여전히 이 원칙을 존중하는 모습을 보이려 하고 있습니다. 거리의 평범한 시민들 역시(아마도 부분적으로는 어떤 사상을 견디지 못할 만큼 충분한 관심이 없기 때문일 수도 있겠습니다만) 아직은 '모두가 자기 의견을 가질 권리가 있다'는 생각을 막연히 가지고 있습니다. 그런데 정작 자유의 수호자가 되어야 할 문학과 과학의 지식인들이 이론적으로나 실제적으로 자유를 경멸하기 시작하고 있습니다.

우리 시대의 특이한 현상 중 하나는 이른바 변절한 자유주의자입니다. '부르주아의 자유'란 환상에 불과하다는 익숙한 마르크스주의의 주장을 넘어 이제는 전체주의적 수단을 통해서만 민주주의를 지킬 수 있다는 논리가 광범위하게 퍼져 있습니다. 이 주장의 요지는 민주주의를 사랑한다면 그 적들을 수단과 방법을 가리지 않고 분쇄해야 한다는 것입니다. 그렇다면 그 적이란 누구일까요? 공공연하고 의식적으로 민주주의를 공격하는 사람들뿐만 아니라 잘못된 사상을 퍼뜨려 민주주의를 '객관적으로' 위험에 빠뜨리는 사람들도 여기 속합니다. 다시 말해 민주주의를 수호한다는 명목 아래 모든 사유의 독립성을 파괴하는 셈입니다. 이와 같은 논리는, 예를 들면 러시아의 숙청을 정당화하는 데 사용되었습니다. 가장 열렬한 러시아 지지자들조차 숙청의 희생자들에게 씌워진 모든 혐의에 대해 실제로 유죄일 거라고는 거의 믿지 않았습니다. 하지만 그들은 이단적인 견해를 지님으로써 '객관적으로' 정권에 해를 끼쳤고, 따라서 그들을 학살하는 것은 물론 누명을 씌워 사회적으로 매장하는 것 역시 옳다고 여겼습니다. 트로츠키주의자들과 스페인 내전 당시 소수 공화파에 대해 좌파 언론이 고의적으로 퍼뜨렸던 거짓 보도를 정당화하는 데도 같은 논리가 활용되었습니다. 그리고 1943년, 모슬리가 석방되었을 때 인신보호영장에 반대하는 주장에도 이 논리가 다시 동원되었습니다.

전체주의적 방식을 장려하면, 이 방식이 자신을 위해 쓰이는 게 아니라 오히려 자신을 겨냥해 쓰일 수도 있다는 사실을 이 사람들은 모르고 있습니다. 파시스트들을 재판 없이 수감하는 것이 버릇이 되면, 어쩌면 이것은 파시스트에게서 멈추지 않을지도 모릅니다.《데일리 워커》에 대한 제재가 풀린 직후, 저는 사우스 런던의 어느 노동자 대학에서 강연을 한

적이 있습니다. 청중은 노동계급과 중하층 계급의 지식인들, 그러니까 예전 좌파 북클럽 지부에서 자주 보던 유형과 같은 이들이었습니다. 강연에서 저는 표현의 자유 이야기를 했는데, 놀랍게도 강연이 끝나고 몇몇 이들이 일어나 저에게 물었습니다. "《데일리 워커》에 대한 제재 해제가 큰 실수였다고 생각하지 않으십니까?" 왜냐고 묻자 그들은 이 신문의 충성심에 의심이 가기 때문에 전쟁 중에는 용납해선 안 된다고 말했습니다. 저는 제 명예를 훼손하기 위해 여러 차례 저를 비방했던 《데일리 워커》를 변호하고 있는 자신을 발견했습니다. 그렇다면 이들은 대체 어디서 이런 본질적으로 전체주의적인 시각을 배웠을까요? 분명 그들은 공산주의자들로부터 배웠을 것입니다! 영국에는 관용과 품위가 깊이 뿌리내리고 있지만, 그것이 파괴 불가능한 것은 아닙니다. 일정 부분은 의식적인 노력을 통해 유지되어야 합니다. 전체주의적인 사상을 설파하게 되면 결과적으로 자유로운 사람들은 무엇이 위험하고 무엇이 그렇지 않은지를 구별하는 본능이 약해집니다. 모슬리의 사례가 이를 잘 보여줍니다. 그가 어떤 법률적 범죄를 저질렀는지 여부와 무관하게, 1940년에 모슬리를 구금한 것은 지극히 옳은 조치였습니다. 우리는 목숨을 걸고 싸우고 있었고, 잠재적 반역자를 그냥 풀어둘 수는 없었기 때문입니다. 그러나 1943년에 이르러서도 여전히 그를 재판 없이 가둬두는 일은 명백히 부당한 행위였습니다. 많은 이가 이것을 제대로 보지 못한 것은 나쁜 징후였습니다. 물론 모슬리의 석방에 반대하는 소요가 일부는 인위적으로 조장되었고 일부는 다른 불만을 합리화하기 위한 수단이었던 것도 사실이었지만 말입니다. 하지만 지금 우리가 겪고 있는 이 파시즘적 사고방식으로의 점진적 전환에, 지난 10여 년간의 '반(反)파시즘'과 그에 수반된 부도덕성이 얼마나 영향을 미쳤을까요?

현재의 '러시아 열풍(Russomania)'은 서구 자유주의 전통이 전반적으로 약화되고 있다는 하나의 증상에 불과하다는 점을 인식하는 것이 중요합니다. 만약 영국 정보부가 나서서 이 책의 출간을 확실히 막았다면, 영국 지식인 대다수는 그 일에 별다른 문제의식을 느끼지 않았을 것입니다. 소련에 대한 무비판적인 충성이 지금의 정설이 되었고, 소련의 이익이 걸려 있는 문제라면 그들은 검열뿐 아니라 고의적인 역사 왜곡까지도 기꺼이 용인합니다. 한 가지 예를 들어볼까요. 러시아 혁명 초기 상황을 직접적으로 다룬 《세계를 뒤흔든 열흘》의 저자 존 리드가 사망했을 때, 책의 저작권은 리드가 유증한 것으로 알려진 영국 공산당으로 넘어갔습니다. 몇 년 후 영국 공산당은 책의 원본을 가능한 한 완전히 파괴한 후, 트로츠키에 대한 언급을 삭제하고 레닌이 쓴 서문도 뺀 왜곡된 판본을 새로 출간했습니다. 만약 영국에 급진적인 지식인이 여전히 존재했다면, 이 위조 행위는 전국의 모든 문예지에서 폭로되고 비난받았을 것입니다. 하지만 항의는 거의, 혹은 전혀 없었습니다. 많은 영국 지식인들에게는 이것이 지극히 자연스러운 일처럼 보였던 것입니다. 이러한 관용 혹은 노골적인 부정직함에 대한 묵인은, 지금 일시적으로 유행하고 있는 러시아에 대한 동경보다 훨씬 더 많은 것을 의미합니다. 아마도 그러한 유행은 오래가지 않을 것입니다. 어쩌면 이 책이 출판될 즈음에는 소비에트 정권에 대한 저의 견해가 오히려 일반적인 관점이 되어 있을지도 모릅니다. 하지만 그것만으로 무슨 의미가 있을까요? 하나의 정설을 다른 정설로 교체한다고 해서 그것이 반드시 진보를 의미하는 것은 아닙니다. 지금 흘러나오고 있는 음악에 동의하든 동의하지 않든, 진정한 적은 '축음기 같은 사고방식(gramophone mind)'입니다.

저는 사상과 발언의 자유에 반대하는 모든 주장을 잘 알고 있습니다. 그런 자유는 존재할 수 없다고 주장하는 논리와 존재해서는 안 된다고 주장하는 논리 같은 것들이지요. 저는 분명히 답할 수 있습니다. 그런 주장들은 저를 설득하지 못하며, 지난 400년 동안 우리 문명은 그와 정반대의 주장 위에 세워져왔다고요. 지난 10여 년 동안 저는 현존하는 러시아 정권이 대체로 악한 체제라고 믿어왔고, 우리가 지금 소련과 동맹을 맺고 치르는 전쟁에서 승리하기를 바라지만, 동시에 저에게 이렇게 말할 권리가 있다고 생각합니다. 만약 제 입장을 정당화하기 위해 인용할 문장이 필요하다면, 저는 밀턴의 이 구절을 선택할 것입니다.

아주 오래된 자유의 알려진 규칙에 따라.

여기서 '아주 오래된(ancient)'이라는 단어는 지적 자유가 뿌리 깊은 전통이며, 이것이 없다면 우리의 고유한 서구 문명은 존재 자체가 의심스러울지도 모른다는 사실을 강조합니다. 그런데 많은 지식인이 이 전통으로부터 눈에 띄게 등을 돌리고 있습니다. 이들은 책이 그 자체의 가치가 아니라 정치적 편의에 따라 출판되거나 금지되거나, 혹은 칭송받거나 비난받아야 한다는 원칙을 받아들였습니다. 또한 다른 이들은 비록 이런 견해를 가지고 있지는 않지만 순전히 겁이 나기 때문에 이에 동조합니다. 그 한 예로, 수많은 영국 평화주의자가 러시아 군국주의에 대한 찬양이 만연한 현실에 대해 입을 다문 사실을 들 수 있습니다. 이 평화주의자들은 모든 폭력은 악이라고 주장하며 전쟁의 모든 국면에서 우리에게 항복하거나 최소한 타협적인 평화를 이끌어내라고 촉구해왔습니다. 그러나 붉은 군대가 벌이는 전쟁 역시 악이라고 주장한 이들은 몇이나 있었을까요? 분명 러시아인들은 자신을 방어할 권리가 있지만, 우리가 그렇게 하는 것은 치명적인 죄인가봅니다. 이러한 모순은 오직 한 가지 방법으로만 설명할 수 있습니다. 그것은 곧 영국보다는 소련에 애국심을 쏟는 대부분의 지식인과 어울리려는 비겁한 욕망입니다. 저는 영국 지식인들이 소심함과 부정직함에 대해 갖고 있는 수많은 핑곗거리를 잘 알고 있으며, 그들이 자신을 정당화하는 논거들을 이제는 다 외울 정도입니다. 하지만 최소한 파시즘에 맞서 자유를 수호한다는 헛소리는 더 이상 하지 맙시다. 자유에 어떤 의미가 있다면, 그것은 사람들이 듣고 싶어 하지 않는 말을 할 권리를 의미합니다. 평범한 사람들은 여전히 막연하게나마 이 신념에 동의하고, 그에 따라 행동합니다. 모든 나라가 다 같지는 않습니다. 공화정 프랑스는 그렇지 않았고, 오늘날 미국도 마찬가지입니다. 그러나 우리나라에서 자유를 두려워하는 것은 자유주의자들이고, 지성을 더럽히려는 것은 지식인들입니다. 제가 이 서문을 쓴 것은 바로 이 사실을 환기하기 위해서입니다.

우크라이나어판 서문

《동물 농장》 우크라이나어 번역판의 서문을 써달라는 요청을 받았습니다. 저는 제가 전혀 알지 못하는 독자들을 위해 글을 쓴다는 것을 잘 알고 있지만, 어쩌면 독자들 또한 저에 대해 알 기회가 전혀 없었을 거라는 점도 알고 있습니다.

독자들은 아마도 이 서문에서 제가 《동물 농장》이 어떻게 시작되었는지 말해주기를 기대하겠지만, 저는 먼저 저 자신과 지금의 정치적 입장에 도달하게 된 경험에 관해 이야기하고 싶습니다.

저는 1903년 인도에서 태어났습니다. 아버지는 영국 행정부의 관리였고, 우리 가족은 군인, 성직자, 공무원, 교사, 변호사, 의사 같은 평범한 중산층 가정 중 하나였습니다. 저는 영국 공립학교 중 가장 비싸고 속물적이기도 한 이튼에서 교육을 받았습니다.● 하지만 제가 거기 들어갈 수 있었던 것은 오직 장학금을 받았기 때문이고, 그게 아니었다면 아버지는 저를 그런 학교에 보내지 못했을 것입니다.

학교를 졸업한 직후(스무 살이 채 되지 않았을 때였습니다) 저는 버마로 가서 인도제국 경찰에 들어갔습니다. 무장 경찰로, 스페인의 국가 헌병대나 프랑스의 기동 경찰대와 매우 유사한 일종의 헌병대였습니다. 거기서 저는 5년 동안 근무했습니다. 당시 버마에서는 민족주의 감정이 그다지 두드러지지 않았고, 영국인과 버마인 사이의 관계 역시 특별히 비우호적이지 않았지만, 그 일은 저에게 잘 맞지 않았고 저로 하여금 제국주의를 증오하게 만들었습니다. 1927년 영국에서 휴가 중이던 저는 경찰직을 그만두고 작가가 되기로 결심했습니다. 처음엔 특별한 성공을 거두지 못했지요. 1928년과 1929년에

● 이 학교들은 우리가 흔히 말하는 '공립학교'가 아니라 오히려 그 정반대에 해당합니다. 서로 멀리 떨어진 곳에 위치한, 배타적이고 고액의 학비를 요구하는 기숙사형 중고등학교들이지요. 최근까지도 이 학교들은 거의 예외 없이 부유한 귀족 가문의 아들들만을 받아들였습니다. 19세기 신흥 부호 은행가들의 꿈은 아들을 이런 '공립학교'에 들여보내는 것이었습니다. 이런 학교에서는 스포츠에 가장 큰 비중을 두며, 이를 통해 귀족적이고 강인하며 신사적인 태도를 기르도록 합니다. 그중에서도 이튼은 특히 유명합니다. 웰링턴이 "워털루 전투의 승리는 이튼의 운동장에서 결정되었다"라는 말을 했다고 전해질 정도니까요. 불과 얼마 전까지만 해도 영국을 어떤 식으로든 통치했던 이들의 압도적 다수가 이른바 '공립학교' 출신이었습니다(원주).

는 파리에 살면서 아무도 출판해주지 않을 단편과 장편을 썼습니다(이후 모두 폐기해버렸습니다). 그 후 몇 년 동안 저는 하루 벌어 하루 먹고 사는 처지였고, 여러 차례 굶주린 적도 있었습니다. 1934년에 이르러서야 겨우 글을 써서 번 돈으로 생활할 수 있었어요. 그러는 동안 저는 몇 달씩 가난한 사람들이나 반(半)범죄자들과 함께 지내기도 했는데, 그들은 빈민가 중에서도 가장 열악한 구역에 거주하거나 거리에 나가 구걸하고 도둑질하는 이들이었습니다. 당시에는 돈이 없어서 그들과 어울렸지만, 나중에는 그들의 삶의 방식 자체가 매우 흥미로웠습니다. 저는 수개월 동안(이번에는 좀 더 체계적으로) 영국 북부 광부들의 생활을 연구하기도 했습니다. 1930년까지 저는 전체적으로 저 자신을 사회주의자라고 생각하지 않았습니다. 사실 그때까지는 아직 뚜렷한 정치적 견해를 갖지 못했달까요. 제가 친사회주의자가 된 것은 계획 사회에 대한 이론적인 동경보다는 가난한 계층의 산업 노동자들이 억압받고 무시당하는 방식에 반감을 품었기 때문입니다.

저는 1936년에 결혼했습니다. 거의 같은 주에 스페인에서 내전이 발발했지요. 아내와 저는 둘 다 스페인으로 가서 스페인 정부를 위해 싸우고 싶었습니다. 6개월 만에 쓰고 있던 책을 끝내자마자 우리는 떠날 준비를 했죠. 스페인에서는 거의 6개월을 아라곤 전선에서 보냈는데, 우에스카에서 어느 파시스트 저격수가 제 목에 총을 쐈습니다.

전쟁 초기에 외국인들은 정부를 지지하는 다양한 정치 세력 간의 내부투쟁에 대해 전혀 알지 못했습니다. 저는 일련의 사건들 덕분에 다른 대부분의 외국인이 소속된 국제 여단이 아니라 스페인 트로츠키주의자들로 구성된 마르크스주의 통일 노동자당(POUM)에 들어갔습니다.

그러고 나서 1937년 중반, 공산주의자들이 스페인 정부를 장악(또는 부분 장악)하고 트로츠키주의자들을 사냥하기 시작했을 때 아내와 저는 모두 희생자가 되었습니다. 운 좋게 한 번도 체포되지 않고 살아서 스페인을 빠져나올 수 있었어요. 많은 친구가 총에 맞았고 다른 이들은 감옥에 오랫동안 갇혀 있거나 그저 소리 없이 사라졌습니다.

스페인에서의 이러한 인간 사냥은 소련의 대숙청과 동시에 벌어졌으며, 그것에 대한 일종의 부록이었습니다. 러시아와 같이 스페인에서도 혐의의 본질(즉 파시스트 일당과의 공모)은 동일했고, 적어도 스페인에 관한 한 저는 그 혐의가 거짓이라고 믿을 만한 모든 근거가 있었습니다. 이 모든 경험은 저에게 소중하고 구체적인 교훈을 남겼습니다. 전체주의적 선전이 민주주의 국가에서 깨어 있는 사람들의 의견을 얼마나 손쉽게 통제할 수 있는지를 가르쳐주었죠.

아내와 저는 무고한 사람들이 단지 비정통적인 사상을 가졌다고 의심된다는 이유로 감옥에 갇히는 것을 목격했습니다. 하지만 영국으로 돌아와보니 소위 의식 있고 정보가 많은 사람이 모스크바 재판에 대해 언론이 보도하는 음모론, 반역, 사보타주 같은 얼토당토않은 이야기를 그대로 믿고 있었습니다.

이를 통해 저는 소비에트의 신화가 서구 사회주의 운동에 끼친 부정적인 영향을 그 어느 때보다도 분명히 깨닫게 되었습니다.

이 지점에서 저는 소비에트 정권에 대한 제 입장을 잠시 설명하고자 합니다.

저는 러시아를 한 번도 방문한 적이 없고, 그곳에 대한 제 지식은 책과 신문을 통해 얻은 것에 불과합니다. 설령 제가 어떤 권력을 가지고 있더라도 소비에트의 내정에 간섭하고 싶지는 않습니다. 스탈린과 그의 측근들이 야만적이고 비민주적인 방식으로 통치했다고 해서 단지 그 점만으로 그들을 비난하고 싶지도 않습니다. 당시의 상황 속에서, 아무리 선의를 가졌다 해도 그들이 달리 행동하기는 어려웠을 수도 있습니다.

하지만 다른 한편으로, 서유럽 사람들이 소비에트 체제의 실상을 제대로 아는 일은 저에게 매우 중요한 문제였습니다. 1930년 이후 저는 소련이 진정한 의미의 사회주의로 나아가고 있다는 뚜렷한 증거를 거의 보지 못했습니다. 오히려 지배계층이 다른 어떤 권력층보다도 자신의 권력을 내려놓을 이유가 없는, 계급사회로 변모하고 있다는 명백한 징후들이 눈에 띄었습니다. 게다가 영국 같은 나라의 노동자와 지식인들은 오늘날의 소련이 1917년 당시의 그것과는 완전히 다른 체제라는 사실을 이해하지 못합니다. 이는 부분적으로 그들이 이해하기를 원치 않기 때문이기도 합니다(즉 어딘가에는 진정한 사회주의 국가가 실제로 존재한다고 믿고 싶은 욕망이 있는 것이지요). 또 한편으로는 그들이 공적인 삶에서 비교적 자유롭고 온건한 분위기에 익숙해 있기 때문에 전체주의라는 개념 자체를 제대로 이해하기 어려운 탓도 있습니다.

하지만 영국이 완전히 민주적인 나라가 아니라는 점도 기억할 필요가 있습니다. 영국 역시 계급 특권이 뚜렷한 자본주의 국가이며, (전쟁을 거치며 모든 사람이 어느 정도 평등화된 지금조차도) 여전히 부의 격차가 큽니다. 하지만 그럼에도 불구하고 영국은 수백 년 동안 큰 갈등 없이 함께 살아온 나라이고, 법은 비교적 공정하며, 공식 뉴스나 통계는 대체로 신뢰할 수 있습니다. 그리고 무엇보다 중요한 것은 소수 의견을 갖고 그것을 표현하는 일이 생명의 위협으로 이어지지 않는 나라라는 점입니다. 이런 분위기 속에서 평범한 시민은 강제수용소, 대규모 추방, 재판 없는 체포, 언론 검열과 같은 현상을 진정으로 이해하기 어렵습니다. 그가 소련과 같은 나라에 대해 접하는 모든 정보는 자연스럽게 영국식 개념으로 번역되어 받아들여지고, 전체주의 선전의 거짓말까지도 순진하게 믿게 됩니다. 1939년까지, 아니 그 이후에도 대다수의 영국인은 독일 나치 정권의 본질을 제대로 판단할 수 없었고, 지금 소비에트 정권에 대해서도 여전히 비슷한 착각에서 벗어나지 못하고 있습니다.

이것은 영국의 사회주의 운동에 큰 해를 끼쳤고, 영국의 외교정책에도 심각한 영향을 미쳤습니다. 사실 제 생각에는, 러시아가 사회주의 국가이며 그 통치자들의 모든 행동은(비록 따라 하지는 않는다 하더라도) 용인되어야 한다는 믿음만큼 사회주의 본래의 이상을 타락시킨 것은 없다고 봅니다.

그래서 지난 10년간 저는 사회주의 운동이 다시 살아나기 위해서는 이러한 소비에트 신화를 깨뜨리는 일이 반드시 필요하다고 확신해왔습니다.

스페인에서 돌아온 뒤, 저는 누구나 쉽게 이해할 수 있고 다른 언어로 번역하기도 쉬운 이야기 형식을 통해 소비에트 신화를 폭로할 방법을 고민하기 시작했습니다. 하지만 실제 이야기의 내용은 한동안 떠오르지 않았지요. 그러던 어느 날 (그때 저는 작은 시골 마을에 살고 있었는데) 열 살쯤 되어 보이는 한 소년이 좁은 길을 따라 커다란 짐말을 몰고 가고 있었습니다. 말이 방향을 바꾸려 할 때마다 소년은 그 말을 채찍질했지요. 순간 이런 생각이 떠올랐습니다. 만약 저런 동물들이 자기 힘을 알게 되기만 해도 인간은 그들을 지배할 수 없을 텐데. 그리고 부유한 자들이 노동자계급을 착취하는 방식과 인간이 동물을 다루는 방식은 놀랍도록 닮아 있다는 것을 깨달았습니다.

저는 동물들의 관점에서 마르크스 이론을 분석하기 시작했습니다. 그들에게는 인간들 사이의 계급투쟁이라는 개념이 완전히 허구처럼 보였습니다. 왜냐하면 동물을 착취할 필요가 있을 때는 언제나 모든 인간이 한편이 되어 단결했기 때문입니다. 진정한 투쟁은 인간과 동물 사이의 싸움이었던 것입니다. 이러한 발상에서 출발하자 이야기를 구체화하는 것은 그리 어렵지 않았습니다. 다만 저는 늘 다른 일들로 바빠 1943년까지 본격적으로 글을 쓰지 못했고, 결국 집필 당시 벌어졌던 테헤란 회담 같은 몇몇 사건들을 이야기 속에 포함시키게 되었습니다. 이렇듯 이 이야기의 주요 골격은 실제로 글을 쓰기 전 6년이라는 시간 동안 제 머릿속에 자리 잡고 있었습니다.

작품에 대해 특별히 설명을 덧붙이고 싶지는 않습니다. 작품이 스스로 말하지 못한다면, 그것은 이미 실패한 것이니까요. 다만 두 가지는 강조해두고 싶습니다. 첫째, 작품 속 여러 에피소드는 러시아 혁명의 실제 역사에서 따온 것이지만 이야기의 균형을 위해 개략적으로 다루었고 시간 순서도 재구성했습니다. 둘째는 제가 충분히 부각하지 못해서인지 대부분의 비평가가 간과한 부분입니다. 어떤 독자들은 이 책의 결말이 돼지와 인간의 완전한 화해로 끝난다는 인상을 받고 책을 덮을 수도 있습니다. 하지만 그것은 제 의도가 아니었습니다. 오히려 저는 이 이야기가 큰 불협화음 속에서 끝나길 바랐습니다. 이 소설은 테헤란 회담 직후에 쓰였는데, 당시 대부분의 사람은 소련과 서방이 최상의 관계를 구축했다고 믿고 있었지만 개인적으로는 그런 관계가 오래 지속되지 않을 것이라고 생각했습니다. 그리고 이후 벌어진 여러 사건을 보면 제 예측이 그리 빗나가지 않았다는 걸 알 수 있습니다.

더 이상 덧붙일 말이 있을지 모르겠습니다. 혹시라도 제 개인적인 정보에 관심 있는 분이 있다면, 저는 세 살이 거의 다 된 아들을 둔 홀아비이며, 직업은 작가이고, 전쟁이 시작된 이후로는 주로 기자로 일해왔다는 점을 밝혀두고 싶습니다.

제가 가장 정기적으로 기고하고 있는 매체는《트리뷴》이라는 사회 정치 주간지로, 일반적으로는 노동당 좌파를 대변하는 성향을 띠고 있습니다. (혹시 이 번역본의 독자 중 제 책을 구할 수 있는 분이 있다면) 일반 독자들이 가장 흥미를 느낄 만한 책으로는 다음과 같은 것들이 있습니다.《버마 시절》(버마에 관한 소설),《카탈로니아 찬가》(스페인 내전에서의 경험을 바탕으로 한 책),《비평 에세이》(주로 현대 대중 영문학에 관한 글로, 문학적 관점보다는 사회학적 관점에서 더 많은 시사점을 줍니다).

옮긴이의 말

농장에서 인간으로 살아남기

1

처음 《동물 농장》 번역을 의뢰받았을 때 나는 두 가지 이유에서 망설였다. 하나는 물론 소설가로서의 본업 때문이었고(써야 하는 수많은 원고를 두고 번역 작업을 추가하는 것이 가능할까?), 다른 하나는 이미 나와 있는 수많은 번역본(탁월한 선배들의 좋은 번역이 세상에 나와 있는 작품을 굳이 내가 다시 번역할 필요가 있을까?) 때문이었다. 그러나 고민은 길게 가지 않았다. 하지 못할 이유는 늘 여럿이지만 해야 할 이유는 단순하고 분명한 법이니까. 번역을 결심한 것은 단 하나의 이유였다. 그것이 조지 오웰이었기 때문에.

2

조지 오웰, 본명 에릭 아서 블레어는 1903년 6월 25일에 영국의 식민지였던 인도 뱅골에서 태어났다. 그는 어릴 적 다시 영국으로 돌아와 교육을 받고 자라는데, 스스로의 표현에 따르면 자신을 '하위-상위-중산층(lower-upper-middle class)'으로 정체화했다. 짧은 단어 속에 상, 중, 하가 모두 들어 있는 이 이상한 표현은 성장 과정에서 그가 처할 수밖에 없었던 복잡하고 모순된 위치를 잘 드러낸다. 이후 그가 보여준 삶의 궤적과 작품들 속에서 나타나는 냉소적이면서도 관찰자적인 시선, 모든 곳에 포함되어 있지만 어디에도 진정으로 속하지 않는 자세, '쓰는 인간'으로서의 작가이자 '보는 인간'으로서의 저널리스트, 무엇보다 '사는 인간'으로서의 액티비스트였던 다층적인 면모를 잘 보여주는 표현이 아닐 수 없다.

학교를 졸업한 오웰은 버마로 가서 제국 경찰이 된다. 그러나 짧은 시간 동안 제국주의라는 억압적 체제의 실상에 환멸을 느끼고는《버마 시절》 유럽으로 돌아와 파리와 런던에서 밑바닥 생활을 경험한다《파리와 런던의 밑바닥 생활》. 잉글랜드 북부 탄광촌을 찾아가 광산 노동자들의 참담한 실상을 취재하기도 하고《위건 부두로 가는 길》, 스페인 내전이 발발하자 직접 뛰어들어 싸우다가 총알에 목을 관통당하기도 한다

《카탈로니아 찬가》). 건강이 악화된 오웰은 제2차 세계대전이라는 전쟁의 포화 속에서 전체주의와 파시즘에 반대하는 《동물 농장》을 써내고, 아내와의 사별 후에는 스코틀랜드의 작은 섬 주라로 거처를 옮겨 폐결핵과 싸우며 자신의 마지막 소설 《1984》를 완성한다. 되짚어보면 오웰의 모든 삶은 문학이 되었고, 그의 모든 문학은 삶 위에 쓰였다.

조지 오웰은 1950년 1월 21일 이른 새벽, 47세의 나이로 런던의 유니버시티 칼리지 병원에서 폐동맥 파열로 인해 사망한다. 엉뚱하게도 내가 오웰과 특히 연결되어 있다고 느끼는 지점은 이 부분인데, 나는 1980년 1월 21일 이른 새벽에 세상에 나왔기 때문이다. 말하자면 그가 세상을 떠난 날 나는 세상에 초대되었다. 누군가 빠져나간 구멍을 통해 내가 들어왔다는 감각은 실은 그저 숫자에 불과한 무의미한 우연의 일치겠지만, 적어도 작업하는 동안 나에게는 매우 중요한 착시이자 환각이 되어주었다. 오웰이 《동물 농장》을 쓰고 나서 80년 후, 같은 계절과 같은 시기에 나는 이 책을 번역했다.

3

번역이란 어느 정도 기계적인 작업이기도 하지만, 독자로

서는 텍스트를 가장 느리게 읽는 방식 중 하나이기 때문에 번역자는 필연적으로 작품을 다시 발견하는 경험을 하기 마련이다. 《동물 농장》에 관해 내가 원래 갖고 있던 인상은 이것이 뛰어난 우화이자 알레고리 소설이라는 것이었다. 그러나 번역을 위해 작품을 다시 읽으면서 나는 기존에 지니고 있던 《동물 농장》에 대한 생각들이 매우 편협하고 제한적이었다는 사실을 깨닫게 되었다. 다시 보게 된 《동물 농장》은 불과 서너 달 만에 쓰인 소설이라고 믿기지 않을 정도로 전략적인 균형과 대칭, 적확하고 매력적인 캐릭터, 완벽한 서사 구조를 지니고 있었고, 단순히 당대의 현실을 일대일로 은유하는 알레고리에 그치는 것이 아니라 인류 역사에서 계속 반복되어온 권력과 욕망, 제도와 계급, 지배자와 피지배자 간의 관계를 정교하고 핍진하게 그려낸 복합적인 상징이었다. 무엇보다 이 이야기는 한쪽 진영에서 다른 진영을 비판하고 풍자하기 위해 쓴 프로파간다가 아니라, 자신의 진영을 똑바로 바라보고 비판하는 메타적인 자기 성찰이라는 점이 인상적이었다. 정치 성향, 성별, 이념, 세대, 계층, 지역, 국적, 종교 등 나뉠 수 있는 모든 것으로 갈라져 오직 반대편을 향한 투쟁력이나 비판 능력, 일사불란한 조직력만을 중요한 가치로 평가하는 오늘날의 우리에게, 자기의 맨 얼굴을 보고 그것을 있는 그대로 이야기하는 능력은 가장 찾기 어렵고 동시에 가장 절실하게 필요한 것이라는 생각을 하지 않을 수 없었다.

실제 번역 과정에서는 기존 번역본들에 있던 사소한 오역들을 고치고, 더빙이 아니라 자막을 쓴다는 생각으로 번역했다. 《동물 농장》의 이야기 구조와 톤이 지니는 특징 때문에 많은 기존 번역이 이를 동화나 우화처럼, 마치 더빙을 하듯 옮기고 있다는 인상을 받았다. 우리에게 더빙이 필요했던 시기도 물론 있었겠으나 이제 나는 독자들의 수준이 "자막이라는 1인치의 벽"을 쉽게 넘을 정도에 이르렀다고 생각하기 때문에 번역 역시 원문에 보다 충실한 쪽으로 방향을 잡았다. 내가 붙이는 자막 너머로 오웰의 본래 목소리가 들릴 수 있도록.

4

내가 이 책을 실제로 번역하기 시작한 것은 2024년 12월이다. 11월 말일까지였던 소설 마감을 겨우 마치고, 12월 1일 밤에 파일을 새로 만들어 열면서 '동물농장_20241201'이라고 이름 붙였던 것이 기억난다. 그리고 이틀 후에 계엄령이 선포되었다.

계엄과 해제, 탄핵과 파면, 선거와 새 정부로 이어지는 일련의 과정에 대해서는 말을 줄이기로 하자. 다만 그 과정에서 우리가 겪었던 끔찍한 폭력과 야만의 그림자는 《동물 농장》을 번역하는 내내 내 마음속을 어지럽혔다. 반년이 넘는 혼란 끝에 어쩌면 우리는 작은 해결에 도달한 것처럼 보인다. 그러나 이 책에 새롭게 수록된 〈표현의 자유〉를 번역하며 나는 이 구절에 오랫동안 머물러야 했다.

> 하지만 그것만으로 무슨 의미가 있을까요? 하나의 정설을 다른 정설로 교체한다고 해서 그것이 반드시 진보를 의미하는 것은 아닙니다. 지금 흘러나오고 있는 음악에 동의하든 동의하지 않든, 진정한 적은 '축음기 같은 사고방식(gramophone mind)'입니다.

그동안 많은 이가 현실을 가리키며 《동물 농장》을 인용했지만, 오늘날 가장 위험한 것은 우리가 이 텍스트 바깥에 있다는 착각이 아닐까. 슬프게도 우리는 모두 이 안에 있고, 누구도 벗어날 수 없으며, 이 이야기는 다른 동물과 인간의 옷을 빌려 시대를 바꾸어 계속된다.

존스가 사라진 농장에는 유토피아가 찾아오지 않았다. 대신 인간과 '분간할 수 없는' 돼지들만 남았을 뿐이다. 따라서 우리는 우리를 비춰 보려는 노력을 멈춰서는 안 된다. 축음기가 아니라 목소리가 되어야 한다. 이 영원한 '동물 농장'의 세계에서, 생각하고 반성하는 하나의 인간으로 남기 위해.

문지혁

휴머니스트 세계문학 044

동물 농장

1판 1쇄 발행일 2025년 8월 11일

지은이 조지 오웰
옮긴이 문지혁

발행인 김학원
발행처 (주)휴머니스트출판그룹
출판등록 제313-2007-000007호(2007년 1월 5일)
주소 (03991) 서울시 마포구 동교로23길 76(연남동)
전화 02-335-4422 **팩스** 02-334-3427
저자·독자 서비스 humanist@humanistbooks.com
홈페이지 www.humanistbooks.com
유튜브 youtube.com/user/humanistma
페이스북 facebook.com/hmcv2001 **인스타그램** @boooook.h

편집주간 황서현 **편집** 이성근 김대일 **디자인** 김태형
조판 아틀리에 용지 화인페이퍼 **인쇄·제본** 정민문화사

ISBN 979-11-7087-358-7 04840
       979-11-6080-785-1 (세트)

휴머니스트 세계문학